흑풍구

黑風口

초랑시
시빨

송진용 新무협 판타지 소설

FANTASTIC ORIENTAL HEROES

흑풍구 2

송진용 新무협 판타지 소설

초판 1쇄 찍은 날 § 2010년 11월 26일
초판 1쇄 펴낸 날 § 2010년 12월 3일

지은이 § 송진용
펴낸이 § 서경석

편집팀장 § 서지현
편집 § 박우진 · 어정원

펴낸곳 § 도서출판 청어람
등록번호 § 제1081-1-89호
등록일자 § 1999. 5. 31
어람번호 § 제2-2012호

주소 § 경기도 부천시 원미구 심곡2동 163-2 서경B/D 3F (우) 420-822
전화 § 032-656-4452 팩스 § 032-656-4453
http://www.chungeoram.com
E-mail § chungeoram@chungeoram.com

ISBN 978-89-251-2369-1 04810
ISBN 978-89-251-2367-7 (세트)

2

영웅의 길

黑風口

초랑이
이빨

FANTASTIC ORIENTAL HEROES

송진용 新무협 판타지 소설

흑풍구

청어람

目次

第一章
이탈자

1 추격자들의 정체

내버려 두면 내버려 둘수록 커지는 것.

온 세상을 덮어버리기에 충분해질 때까지 멈추지 않는 것.

그것이 증오의 그림자라는 것이다.

황보강의 가슴속 깊은 곳에는 절망도 희망도 아닌 그 증오의 씨앗이 심어졌다.

그것이 불처럼 일어나는 걸 내버려 둔다. 그러자 그의 정신이 강철처럼 단단해졌다.

쾅!

그가 벌떡 일어선 것과 함께 나무 벽과 지붕이 박살 나며 검은 옷의 무사들이 뛰어들었다.

악몽이라는 놈들이다. 모두 다섯 놈.

시잇—

기대고 있던 돌 벽을 박차고 일어선 황보강이 튕겨진 것처럼 그놈들 복판으로 뛰어들며 칼을 휘둘렀다.

서걱, 하고 뼈를 가르는 소리와 함께 칼날에 묵직한 느낌이 실려왔다.

신음 소리도 없이 두 놈이 각기 목과 어깨를 찍혀 주저앉았다. 동시에 세 놈의 검이 삼면에서 찔러들어 왔다.

그것을 대하는 황보강의 움직임은 맹렬했다. 몸부림치는 것 같다.

그를 상대하는 악몽들이 숨소리마저 죽이고 일체의 기합성과 비명을 침묵으로 덮었듯이 황보강 또한 그랬다.

어금니를 악물고 두 눈에서 증오와 적의의 불길을 화르륵, 쏟아낼 뿐 아무런 소리를 내지 않았다.

짜라랑, 하는 가볍고 낭랑한 쇳소리가 폭우의 소음을 뚫고 낡은 공간에 퍼졌다.

세 자루의 검이 그의 칼에 밀려 주춤거릴 때 황보강은 그들 사이를 뚫고 지나갔다. 놈들의 움직임이 둔해졌다. 무겁고 단단한 것들의 약점이다.

퍽, 퍽, 하는 두 번의 짧고 격한 소음이 터져 나왔다. 그리고 두 놈이 또 쓰러졌다. 검은 죽립이 쩍 벌어지며 그 사이로 깊이 쪼개져 속이 드러난 머리통이 언뜻 보였다.

반걸음 비켜서는 황보강의 움직임을 남은 한 자루의 검이 뒤쫓았다. 아슬아슬하게 스치고 지나간다.

콰!

그 순간, 몸을 트는 것과 함께 쳐낸 황보강의 칼이 그놈의 머리통에 다시 박혔다.

손목을 통해 전해지는 묵직하고 짜릿한 느낌.

불시에 뛰어들었던 다섯 놈이 쓰러져 움직임을 잃을 때까지는 촌각의 시간밖에 걸리지 않았다.

황보강이 비로소 후욱, 하고 거친 숨을 내뿜으며 헛간 복판에 우뚝 섰다.

없는 것과 마찬가지인 지붕으로 고스란히 쏟아져 내리는 폭우가 그의 몸을 아프게 때렸다.

아직도 남아 있다.

뚫려 버린 나무 벽 밖의 음침한 어둠을 찌르듯이 노려보기를 얼마쯤. 쩔그렁, 하는 소리가 나더니 다시 한 놈이 천천히 들어섰다. 그보다 두어 걸음 늦게 좌우에서도 두 놈이 걸어 들어왔다.

그리고 또 한 놈.

그놈이 느긋한 모습으로 아무 조심성 없이 쿵쿵거리는 발소리를 내며 다가와 앞을 막아섰다.

검은 죽립 속의 어둠을 뚫고 귀화처럼 새파란 눈빛이 쏘아져 나온다.

"누구냐?"

황보강의 물음에 그놈이 히죽 웃었다. 어둠 속에서 흰 이빨이 언뜻 드러났다.

"망각."

기도가 예사롭지 않다 했더니 역시 열두 개의 악 중 한 놈이었다.

각기 열 명의 천부장과 일만 명의 악몽을 거느린다는 장군 중 한 놈이기도 하다.

"멋대로 짐작하지 마라."

그놈이 말했다. 웅웅 울리는 기이한 음성이었다.

"설마 너 한 놈을 잡겠다고 일만 명이나 되는 악몽을 데리고 왔을까?"

"그렇다면 너는 특별한 일을 한다는 두 개의 악 중 한 놈이겠군."

검은 무사가 흐흐, 하고 낮게 웃었다.

"그렇다. 나는 추적과 척살을 관장하고 있지."

암흑존자를 대신하여 은밀하고 더러운 일을 수행하는 자다.

황보강은 그들이 드디어 저를 쫓기 시작했다는 걸 알았다. 두렵지는 않았다. 앞으로 귀찮아질 것이라는 짜증이 생겼을 뿐이다.

그놈이 느릿느릿 말했다. 황보강을 조금도 두려워하거나

꺼려하는 기색이 없었다.

"이제부터는 내가 너를 쫓게 된다는 걸 알려주러 왔다. 상견례라고 해두지."

말을 마친 놈이 갑자기 검을 뽑더니 뒤에 서 있던 제 수하들 중 한 놈의 가슴을 푹 찔렀다.

"왜?"

황보강이 어리둥절해서 눈을 부릅떴다.

망각은 말이 없다.

그가 검을 뽑아내자 악몽이 가슴을 움켜쥐고 풀썩 쓰러졌다.

"너에게 경고해 주는 것이다."

대체 무슨 뜻인지 알 수가 없다.

죽립의 어둠 속에서 흰 이가 드러났다. 히죽 웃은 놈이 태연하게 돌아섰고, 그제야 황보강은 그놈의 의도를 알았다.

"억!"

커다란 놀람 때문에 저도 모르게 비명을 지르고 주춤 물러섰다.

방금 망각의 검에 가슴을 깊이 찔려 쓰러졌던 악몽이 꾸물꾸물 일어서고 있었던 것이다.

그놈뿐만이 아니었다.

조금 전 황보강의 칼에 찍혀 머리통이 쩍 벌어지고 어깨며 가슴이 갈라져 쓰러졌던 다섯 놈의 악몽도 그와 같이 꿈틀거리며 일어서고 있지 않은가.

"죽지 않았단 말인가?"

눈앞의 일을 믿을 수 없었다.

끔찍한 상처를 드러낸 채 다섯 놈이 황보강을 무섭게 노려
보더니 아무 말 없이 돌아섰다. 여전한 걸음으로 저벅거리며
폭우 속으로 걸어나간다.

"이제 알았겠지? 너는 그들을 죽일 수 없다."

앞이 보이지 않는 폭우 속에서 망각의 웅웅 울리는 기이한
음성이 습기처럼 젖어들어 왔다.

황보강은 맥이 빠지고 말았다.

다시 제가 원래 있던 자리로 돌아가 음습한 돌 벽에 등을
기대고 털썩 주저앉는 것이, 손발의 힘이 빠져 버티기 힘든
모습이었다.

"죽지 않는 놈들이라니? 암흑존자라는 늙은이가 그렇게 만
든 모양이군."

저놈들은 사람이 아니라는 생각이 들었다. 생명을 가진 사
람이라면 어찌 그럴 수 있을 것인가.

아직도 한 놈이 남아 있다.

폭우 속에 서서 온몸으로 비를 맞고 있는 놈.

화살처럼 갑주를 때리는 빗소리가 더욱 크게 들려오고 있
지 않은가.

황보강은 될 대로 되라는 심정이었다. 물끄러미 부서져 버

린 나무 벽 밖을 내다볼 뿐 꼼짝도 하지 않았다.

철벅거리는 소리와 함께 갑주 쩔그렁거리는 소리가 들려 오기 시작했다. 그놈이 천천히 부서진 나무 벽을 통과해 헛간 안으로 들어왔다.

"고통이군."

황보강은 그놈을 즉시 알아볼 수 있었다.

갑주로 온몸을 가렸고, 투구를 눌러써서 얼굴을 덮었지만 느낌만으로도 이제는 안다.

"지금 나를 죽이는 건 쉬울 것이다. 원하는 대로 해."

"아니. 나는 너를 죽이지 않는다. 아직 때가 아니거든."

"때라니?"

"존자께서 정하신다."

"빌어먹을 짓이군."

황보강이 툴툴거리고 웃었다.

단조영이 말하지 않았던가, 나운선인이 그 '때'를 정하는 것이라고. 그런데 이제 고통이라는 놈은 그것을 암흑존자라 는 늙은이가 정하는 것이라고 했다.

"그런 건 없어."

황보강이 단호하게 말하고 고통을 노려보았다.

"이놈도 정하고 저놈도 정하는 그런 때란 아무것도 아니 다. 이제는 내가 정해주지. 너는 지금이 아니면 결코 나를 죽 일 그 '때'라는 걸 갖지 못할 것이다."

"두고 보면 알겠지."

투구 속에서 고통이 히죽 웃는 게 느껴졌다.

그가 손가락으로 황보강이 헝겊으로 둘둘 말아 등에 지고 있는 검을 가리켰다.

"그것을 다오."

"왜?"

"필요하니까."

"너는 이것을 가져가려고 온 모양이군?"

"그렇다."

"아까 그놈들은?"

"그들도 그것을 가져가기 위해 다시 올 것이다."

"이것이 너희들에게 중요한 물건인 모양이구나."

"줄 테냐, 말 테냐?"

"이건 단조영의 검이다. 그는 나와 함께 있지."

제 가슴을 두드리며 하는 황보강의 말에 고통이 움찔거렸다. 두려워하는 기색이 읽힌다.

"그러므로 그의 허락 없이는 누구에게도 줄 수 없다."

단호한 말에 고통이 황보강을 한참 동안 노려보았다. 그리고 아무 말 없이 돌아섰다.

"웃기는 놈들이군."

비로소 그들이 모두 사라졌다.

갑자기 긴장이 풀리자 그나마 남아 있던 온몸의 맥도 덩달아 풀려버렸다.

　이제는 정말 누가 와서 목을 조른다고 해도 손가락 하나 꼼짝할 수 없는 무력감이 밀려들었다.

2　사연

　맑고 높은 하늘에 낭랑한 노랫소리가 언덕 너머로 멀리 퍼져 나갔다.

　　북소리 둥둥 울리고 뿔피리 소리 가득할 때,
　　삼십만 대군이 성을 나섰네.
　　넓고 거친 초원과 황토 벌판을 건너 긴 강가에 진을 쳤지.

　　하늘이 붉게 물든 그날,
　　해도 달도 천공에 못 박혀 있던 그날,
　　나 홀로 부러진 창에 의지해 핏빛 강을 건넜다네.

　대황국의 황성을 떠나온 지 다섯 달째에 접어들고 있었다.
　그동안 황보강의 모습은 완연히 달라져 있었다.
　덥수룩한 수염과 아무렇게나 자란 거친 머리카락, 허름한 옷에 새끼줄로 띠를 대신했고, 낡은 가죽신을 신고 있는 그는 영락없이 거름 냄새에 절어 있는 산골의 홀아비 같았다.

팔베개를 하고 벌렁 누워 있는 그의 이마 위에서 몇 조각의 흰 구름이 느릿느릿 서쪽으로 흘러가고 있었다.

고향 가는 길을 찾아
승냥이 무리 어슬렁거리는 어둠 속을 이리저리 헤매었지.
남쪽으로 가고자 하나 구천에는 동서남북이 없다 하니
갈 곳을 몰라 그저 발길 닿는 대로 떠도네.

장한가(長恨歌)였다.

도유강을 떠나던 그날 아버지가 불렀던 그 노래다.

노래는 여전한데 말 위에 올라 칼 차고 도유강을 떠나던 늠름한 청년은 없었다. 낯선 산촌에서 낯선 모습을 한 농부 한 사람이 있을 뿐이다.

"당신의 노래는 언제나 구슬프군요. 그 노래가 원래 그런가요?"

새소리처럼 영롱한 음성이 발치에서 들려왔다.

들꽃 한 주먹을 꺾어 쥔 아가씨가 거기 있었다.

스물두어 살쯤 되어 보이는 귀엽고 사랑스러운 아가씨다.

황보강이 일어나 앉자 아가씨가 몸을 외로 틀어 비스듬히 섰다.

서쪽 높은 산봉우리 위에 아직 한 뼘쯤 남아 있는 해를 힐 끔 바라본 황보강이 빙긋 웃었다. 두 손가락을 입에 넣고 힘차게 휘파람을 분다.

삐익, 하는 그 소리가 높고 날카롭게 벌판을 치달려 갔고, 이내 메에에, 하는 양 울음소리가 화답했다.

언덕 아래쪽, 커다란 회색 바위 아래에 일백여 마리쯤 되는 양 떼가 풀을 뜯고 있다가 고개를 들어 바라본다.

"흐랴!"

황보강이 회초리로 땅을 치며 소리쳤다. 양 떼가 그를 향해 몰려오기 시작했다. 처음에는 투실투실한 몸을 뒤뚱거리며 걷더니 앞선 놈이 뛰기 시작하자 나머지 무리도 덩달아 달려온다.

황보강의 얼굴에 환한 웃음이 번졌다.

푸른 풀언덕과 맑은 하늘과 구름, 그리고 이 상쾌한 공기와 적막함.

황보강은 그것을 평화라는 말이 가지고 있는 모습이라고 생각했다.

"그런데 다른 노래 아는 건 없나요? 왜 매일 그 노래만 부르지요?"

앞서 걷는 아가씨가 힐끔 돌아보며 물었다. 황보강은 그녀의 얼굴이 들꽃보다 곱게 반짝이는 걸 보았다.

"아버지께 배운 노래는 이것 하나뿐이거든."

"핏, 불러주기 싫으니까 괜히 핑계 대는 거죠?"

"다른 노래가 듣고 싶다면 네 스스로 부르고 들으면 되지 않겠어? 덩달아 나도 듣고."

그러자 실쭉 눈을 흘긴 아가씨가 달아나듯이 재빠르게 달려갔다. 저만큼 멀어지더니 들꽃을 흔들며 고운 목소리로 노래를 부르기 시작한다.

짜랑짜랑하게 울리는 노랫소리가 언덕 멀리 퍼져 나갔다.

소망(所望)이라는 이름을 가진 산골 아가씨였다.

언덕을 내려가면서 황보강은 그녀의 삼단 같은 머리채 너머 저 멀리 흐릿하게 가라앉아 있는 높고 단단한 성을 바라보았다.

*   *   *

그가 이곳에 온 건 이른 봄 무렵이었다.

망각이 데리고 온 악몽이라는 것들과 싸운 뒤에도 비는 계속되었는데, 이틀이나 더 무섭게 퍼붓고 나서야 하늘이 보였다.

그동안 황보강은 낡은 헛간에 쓰러져 꼼짝도 하지 못했다. 굶주리고 지친 몸에 한기까지 스며들어서 몹시 앓았던 것이다.

겨우 몸을 추스르고 다시 길을 떠난 그는 병색 깃든 초라한 방랑자가 되어 무작정 서쪽으로 향했다. 여러 마을을 지났고, 여러 골짜기를 지나는 동안 몸과 마음이 더욱 상하여 위태로워졌다.

그리고 이곳에 이르렀다.

그 무렵 황보강은 제 한 몸 가누기도 힘들 만큼 지쳐 있었다. 그런 그를 손님으로 받아준 게 바로 소망의 늙은 아버지였다.

황보강은 헛간 같은 곁방에 쓰러져 내리 이틀 꼼짝하지 못하고 앓았다. 가라앉았던 열이 다시 살아나 온몸을 불덩이처럼 달구었던 것이다.

혼자서 끙끙거리는 그를 늙은 주인이 돌보아주었는데, 제법 의술에도 밝은 노인이었던지라 침과 뜸을 때맞추어 놓아주고 약초를 달여 먹였다.

사흘 뒤에 황보강이 겨우 몸을 움직이게 되자 그가 웃으며 말했다.

"이제 되었네. 젊은 사람이 무슨 험한 꼴을 그리 겪었는지는 모르나 내 집에서 두어 달만 정양하고 나면 거뜬해질 걸세."

"이곳이 어디입니까?"

"호명촌이라는 곳이지. 청오랑국의 변경에서도 오지에 속한 곳이라네."

"청오랑국……."

황보강의 얼굴이 어두워졌다. 슬픔이면서 안타까움이고 노여움이기도 했다. 그것을 본 노인이 말했다.

"이제 보니 자네도 청오랑국의 백성이었군?"

"이제는 나라도 집도 없는 떠돌이일 뿐이지요."

노인이 방구석에 세워져 있는 칼을 힐끔거렸다.

"전장에 나갔었나?"

"그렇습니다."

"용케 살아 돌아왔군."

이번에는 노인의 얼굴에 어둠이 깃들었다.

"내 큰놈도 전장에 나갔다네. 척망평의 마지막 싸움에서 모두 죽었다니 그놈도 그렇게 되었을 거야."

"척망평?"

황보강이 놀란 얼굴로 노인을 바라보았다.

"큰아드님이 도울 각하의 군진에 있었습니까?"

"그렇다네. 전란이 발발하자 나라와 신성대제를 위해 싸우겠다며 칼을 들고 나갔지. 도울 각하의 군진에 배속되었다는 연락이 온 게 마지막이었네."

노인이 황보강을 유심히 바라보았다.

"자네도 거기 있었나? 도울 각하라는 말을 하면서 놀라는 걸 보니 그런 모양이군."

"그렇습니다. 저도 그곳에서 싸웠지요. 보군의 창수였습니다."

황보강은 제가 귀호대의 대장이자 귀호장군으로 불리던 참장이었다는 건 말하지 않았다.

노인이 반색을 했다. 살아 돌아온 아들을 본 듯이 손을 잡고 흔들며 기뻐 어쩔 줄을 모른다.

"그놈의 이름은 진초소라네. 서른두 살이지. 혹시 들어보았는가?"

듣지 못한 이름이다. 도울 각하의 병사가 삼십만이었다. 어찌 모두 알 수 있을 것인가.

황보강이 머리를 가로젓자 노인이 금방 풀이 죽었다. 잠시 침묵하더니 황보강의 손을 더욱 힘주어 잡으며 떨리는 음성으로 물었다.

"그래, 그곳에서의 싸움은 어땠나? 다 죽었다던데 자네는 용케도 살았군. 그렇다면 우리 큰놈도 어디엔가 살아 있을지 모르네. 그렇지?"

황보강은 그가 누구의 군진에 배속되어 싸웠는지 모른다. 살았다기보다 죽었을 확률이 더 많았다. 하지만 그렇게 말할 수는 없었다.

"그는 살아 있을 겁니다. 아직까지 돌아오지 않고 있는 걸보면 포로가 되었는지도 모르지요. 하지만 살아 있다면 고향집과 부모를 잊지 않을 테니 언젠가는 반드시 돌아오겠지요."

"그렇지? 그래, 그렇고말고. 그놈이 그렇게 쉽게 죽을 놈이 아니지."

노인의 얼굴에 희망이 반짝였다. 황보강이 이렇게 살아서 고향으로 돌아가고 있으니 자신의 아들도 지금쯤 방랑자가 되어 저 먼 곳에서부터 돌아오고 있을지도 모른다는 생각에 금방 눈이 젖어갔다.

"몸이 좋아질 때까지 내 집처럼 생각하고 편히 있게."

황보강은 노인의 시선을 마주 볼 수 없었다. 죄지은 자처럼 고개를 푹 숙인다.

닷새쯤 지났을 때 바깥출입을 할 수 있을 만큼 몸 상태가 호전되었다. 아직 예전 같지는 않지만 한 사람의 장정으로서 일을 거들 만은 했다.

그날부터 황보강은 누가 시키지 않았어도 노인의 일을 도와주기 시작했다.

"둘째 놈은 얼마 전에 죽었다네. 자네가 오기 두 달 전이었지."

어느 날, 하루 일을 마치고 저녁 식탁에 마주 앉았을 때 노인이 그렇게 말을 시작했다.

"둘째도 전장에 나갔습니까?"

"아닐세. 그놈은 호랑이에게 물려 죽었어."

"호랑이라니요?"

"이 마을의 이름이 왜 호명촌인지 아나?"

"모릅니다."

"호랑이가 우는 마을이라는 이름 그대로 유난히 호랑이가 많이 출몰한다네. 저 뒤에 보이는 산 이름도 그래서 천호천산 이고, 호랑이 신을 모시는 산신당이 여러 곳에 있다네. 해마다 호신에게 제를 지내지만 소용없어. 저주인 게야. 틀림없어."

노인이 한숨을 쉬었다.

"어째서 장정들을 모아 그놈들을 잡지 않습니까?"

"더러는 전장에 나가 죽었고, 더러는 성에서 끌고 갔으니 남은 장정들이라야 몇 명 되지 않는다네."

마을은 적망대공(赤邙大公)이라는 자의 소유였다. 그는 저 아래 골짜기 건너의 적송망(赤松邙)이라는 언덕 위에 크고 단단한 성을 지어 웅거하고 있었다.

청오랑국의 신성대제가 살아 있을 때에는 그에게 충성하는 호족이었는데 나라가 망하자 대황국에 항복하고 충성을 맹세했다. 그 대가로 그는 대공의 칭호를 받음과 함께 여전히 이 지역의 지배자로 군림할 수 있었다.

신성대제 치하에서는 공정하고 엄격한 국법을 두려워하여 숨죽이고 있었으나 대황국의 세상이 되자 그 규제에서 풀려났다.

그러자 그는 이리의 본성을 드러내 제 영토 내의 촌민들을 학대하고 수탈하기 시작했다.

그렇게 하여 얻은 재물을 가지고 대황국에 열심히 헌상하고 아부했으므로 그의 권한은 점점 커져서 지금은 세 개의 산과 다섯 개의 언덕, 그리고 열두 개의 고을을 지배하는 영주가 되어 있었다.

그의 터전에 뿌리박고 사는 촌민들은 땅과 집을 버리고 떠날 수도 없었다. 야반도주하다 붙잡히면 죽었고, 운 좋게 달아났어도 추격대의 집요한 추격을 받아 멀리 가지 못하고 잡혀와 모두가 보는 앞에서 처참하게 죽었다.

적망대공은 그 넓은 영토에 목책을 두르고 길목마다 관(關)을 세웠으며, 요긴하다 싶은 곳에는 어김없이 파수대를 두어 자신의 영토를 더욱 견고하게 했다.

거느리고 있는 사병(私兵)만 해도 일만여 명이나 되었으므로 주위에서는 감히 넘보는 자가 없었다.

그는 제 영토 안의 백성들의 삶에는 조금도 신경을 쓰지 않았다. 오직 농노처럼 되어버린 촌민들을 닦달하여 공물을 더 많이 거두어들이는 데에만 혈안이 되어 있었던 것이다.

촌민들의 삶이 피폐해져 갈수록 그의 성은 더욱 풍족해졌고, 그에 따라 병마의 수도 늘어났으며, 제법 이름난 장수며 무사들까지 고용해 거느리게 되었다. 그 덕에 적망대공 나하순(羅夏淳)의 위세는 더 크고 높아져서 이제는 이웃한 다른 호족의 영토까지 넘볼 지경이 되었다.

대황국에서는 끝없는 침략전쟁을 하기에 바빴으므로 변방의 호족과 그들의 세력쯤은 신경도 쓰지 않았다. 더구나 속국이 되어버린 청오랑국 아닌가. 너희들의 일은 너희가 알아서 해라. 반기만 들지 않으면 상관하지 않겠다는 식이었으니 나 하순에게는 신나는 일일 수밖에 없었다.

노인은 원래 이곳 호명촌(虎鳴村)의 사람이 아니었다.

그는 이름을 진가경(陳加慶)이라고 했는데, 궁촌인 이곳에서 이름다운 이름을 가진 유일한 사람이면서 또한 학식이 있는 유일한 사람이었다.

신성대제 시절, 이곳을 관장하던 호감현(虎監縣)에서 벼슬을 한 사람이었던 것이다.

공부(工部)의 진가경이라면 청렴하고 강직한 관리로 이름을 얻었다고 한다. 그때 적망대공과 사이가 좋지 않았는데, 나라가 망하자 그가 진가경을 강제로 이주시켜 부리게 되었던 것이다.

공부의 관리였을 때 큰아들을 전장에 내보냈고, 호명촌으로 끌려와서는 둘째 아들을 호랑이에게 잃었으므로 진 노인에게는 늦게 본 딸 소망이 유일하게 남은 혈육이었다.

제 집안이 겪은 일들 때문에 사람에 대한 두려움과 경계심이 많은 아가씨 소망은 좀체 황보강의 면전에 나서려 하지 않았다.

한 달이 되어갈 때쯤에야 겨우 인사를 건네고 수줍게 웃었으니 어지간한 아가씨가 아닐 수 없다.

　　　　*　　　　　*　　　　　*

"낮에 사람들이 다녀갔다네."

푸석푸석한 밥과 짠 나물 몇 가지가 놓인 식탁 앞에서 한숨을 쉬는 노년의 사내 진가경의 얼굴에 수심이 가득했다.

대공의 성에서는 그에게 오십 무(畝)의 밀밭 외에 일백 마리의 양떼를 맡겨 기르게 하고 있었다.

그건 언뜻 생각하면 대단한 특혜인 것 같았지만 실은 진가경을 벌주는 것이었다. 늙고 나약한 몸으로 그와 같은 농경지와 양 떼를 돌볼 수 없기 때문이다.

둘째가 살아 있다면 그나마 나았을 테지만 그는 호랑이의 밥이 되었으니 진씨 내외와 소망이 성에서 맡긴 일을 제대로 해낼 리 없다.

"그 녀석만 살아 있었어도……."

진 노인이 서글픈 푸념 끝에 기어이 눈물방울을 식탁에 떨어뜨렸다.

황보강이 젓가락을 내려놓았다.

"또 무슨 트집을 잡고 갔습니까?"

"일백 석을 바치라는군."

"일백 석이라……."

이제 곧 봄에 씨 뿌렸던 밀을 수확할 때가 된다. 바람이 서늘해졌고 나뭇잎들이 서걱거리기 시작했던 것이다.

동쪽 밀밭에 누렇게 밀이 익어 물결치고 있었지만 오십 무의 밭에서 일백 석은 풍년이라도 걷기 힘든 양이었다. 게다가 금년 여름에는 유난히 잎마름병이 극성을 부리지 않았던가.

　"말도 되지 않는 트집이로군요."

　"이제는 나의 운도 다한 모양이지 뭔가. 내 한목숨이야 아까울 게 없지만 저 어린것은 어쩐단 말인가? 이제 혈육이라고는 저것 하나가 남아 있을 뿐인데 말일세."

　주방에서 낮게 흐느끼는 소리가 들려왔다. 진 부인이다.

　"제때에 수확을 하면 얼마나 거두어들일 수 있겠습니까?"

　"금년에는 많아야 오십 석일 걸세."

　"일 년 양식으로는 얼마나 필요합니까?"

　"열 석은 있어야 겨우 굶주림을 면할 수 있지."

　"그렇다면 그들은 정말 트집을 잡아 죽이려고 작정한 것이로군요."

　"병사를 보내 목을 쳐버리면 간단한 일인데 굳이 이렇게 한다는 건 죽여도 그냥 죽이지 않겠다는 말 아니겠나?"

　분한 듯 깡마른 주먹을 움켜쥐고 부르르 떨지만 진 노인이 할 수 있는 일이 없다는 걸 황보강은 잘 알고 있었다.

3　그놈을 잡으리라

　호신(虎神)이 있다.

원래 천호천산(千虎天山)에는 수십 마리의 호랑이가 살고 있었다. 그 피해가 커서 우환이었는데 삼 년 전에 그놈들이 싹 사라져 버렸다.

하늘이 도와서 그렇게 된 것이 아니라 한 마리의 커다란 백호(白虎)가 나타나 그놈들을 모두 쫓아버리고 제가 산을 온통 차지했던 것이다.

짐승이라기보다 괴수(怪獸)라고 해야 마땅할 놈이었다.

황소도 단번에 물어 죽일 만큼 크고 힘이 센 놈. 게다가 사람들이 신령하게 여기는 백호 아닌가. 과연 마을 사람들이 두려움에 떨면서 호신으로 숭배할 만한 짐승이 틀림없었다.

그리고 그놈은 재앙과 불행을 가져다주는 사악한 놈이었다.

호명촌은 물론 천호천산 기슭의 마을들에 출몰하여 사람을 물어가곤 했던 것이다. 때로는 대공의 성이 있는 적송망 근처에까지 내려와 그렇게 하곤 했다.

특이한 건 다른 사람들은 다 놓아두고 오직 건장한 청년들만 죽여서 물고 간다는 것이었다.

지난 몇 년 사이에 그놈에게 희생당한 청년이 족히 백여 명은 될 것이라고 했다.

이러다가는 영토 내의 청년이 씨가 마를 지경이라 적망대공은 이례적으로 그놈의 목에 황금 열 근이라는 커다란 상금마저 걸고 잡아들이기를 독려했다.

그러나 아무리 능숙한 사냥꾼이라고 해도 한번 천호천산으로 들어가면 다시는 살아서 나오지 못했고, 병사들을 풀어도 희생자만 생겼을 뿐 그놈을 잡을 수 없었다.

"놔둬라. 그놈은 혼자인데 이 많은 사람들을 죄다 잡아먹을 수 있겠느냐? 사람보다 먼저 늙어 죽을 테니 그러면 포악도 그치겠지. 제 운이라 생각하고 각자 조심하라고 해라."

결국 대공이 짜증을 내면서 그렇게 말했다.

그 이후로 천호천산에는 사람의 발길이 뚝 끊어졌고, 인근 부락에 사는 사람들은 밤에는 돌아다니지 않았으며, 청년들도 둘이나 세 명씩 무리를 짓지 않고서는 들에 나가지 않았다.

*　　　　*　　　　*

밀 수확을 하는 한낮.

누렇게 익어 물결치는 들판이 풍요로워 보이나 그것을 수확하는 사람들은 그렇지 않았다.

묵묵히 낫질을 하는 황보강 곁에서 진 노인은 자주 허리를 펴고 하늘을 우러러보았다. 그러다가 한숨을 쉬고 다시 낫질을 하는데 그 손에 신명이 돌 리가 없었다.

"잠시 쉬었다가 하세."

기어이 진 노인이 낫을 던지고 밭두렁으로 올라가 앉았다.

농주 대신 찬물 한 사발을 벌컥벌컥 들이켠다.

그래도 몇 단 더 낫질을 해서 나락을 쌓아놓은 황보강이 허리를 폈을 때다.

댕댕댕댕—

마을에서 급박하게 울리는 종소리가 들려왔다. 비상사태가 있을 때 두드리는 경종이다.

진 노인이 벌떡 일어서더니 온몸을 부들부들 떨어댔다.

"무슨 일입니까?"

빠른 걸음으로 다가와 묻는 황보강에게 손으로 마을 뒤편 멀리 솟아 있는 천호천산을 가리키며 덜덜 떨 뿐 말을 하지 못했다.

"진 어른!"

황보강이 깡마른 노인의 어깨를 누르자 컥! 하고 밭은 숨을 내뱉더니 비로소 말했는데 여전히 턱을 떨고 있었다.

"호, 호랑이네."

"호랑이라고요?"

"저, 저 종소리를 듣지 못했나? 호신이 마을에 또 내려온 거야. 누군가를 물어갔겠지."

그놈에게 둘째 아들을 잃었을 때의 두려움과 절망과 공포가 한꺼번에 떠올라 진 노인을 짓눌러대는 게 틀림없었다.

늙은 어미가 땅에 주저앉아 악을 쓰며 울었고, 그 곁에서 늙은 아비는 넋이 나간 채 멍하니 산만 바라보고 있었다.

이번에도 청년이었다. 북쪽 밀밭에서 수확을 하던 곽가의 아들을 물어간 것이다. 한동안 뜸하더니 다시 호신의 사냥이 시작되었다고 모두들 수군거렸다.

겁에 질려서 두리번거릴 뿐 사람들이 할 수 있는 건 아무것도 없었다. 내 집에는 이와 같은 불행이 닥치지 않기를 간절히 바라면서 다들 흩어졌다.

그것을 보면서 황보강은 이 궁촌에 시급한 건 적망대공의 일보다 바로 그 백호를 퇴치하는 것이라고 생각했다.

저녁 식사를 마치고 나서 바깥의 나무 아래에 앉아 차를 마실 때에 황보강이 물었다.

"혹시 활을 구할 수 있습니까?"

"활?"

"잠시 빌려 쓸 수 있었으면 합니다만……."

예로부터 관에서는 개인이 호신의 목적으로 지니는 도검은 대체로 눈감아주는 편이었으나 활만은 허용하지 않았다. 살상력이 높은 무서운 무기이기 때문이다.

활은 병사들이나 지니는 무기였고, 관의 허락을 받은 특별한 자가 아니면 용납되지 않았다. 때문에 저자에서 구할 수도 없었다.

잠시 생각하던 진 노인이 고개를 끄덕였다.

"당나무집의 황호가 예전에 사냥질로 먹고살았었다니 어

쩌면 그때 쓰던 활을 아직 가지고 있을지도 모르지.”

그리고는 의심스런 눈으로 황보강을 건너다보았다.

“그런데 활은 어디에 쓰려고? 사냥이라도 나가볼 셈인가?”

“일백 석을 맞추어주지 못하면 패악을 당할 텐데 제가 보고 있을 수만은 없지 않겠습니까? 부족한 만큼 돈을 주면 아무 말 하지 않겠지요.”

“자네……”

“부지런히 노루며 멧돼지라도 잡아다 팔면 추수가 끝날 때쯤 그 돈을 맞출 수 있을 겁니다.”

“그 말이 진심인가?”

“물론이지요. 혹시 또 압니까? 재수가 좋으면 곰을 잡을 수 있을지도. 그러면 값을 치르고도 남을 테니 좋지 않겠습니까?”

안심시키려는 핑계였다. 하지만 그걸 눈치채지 못할 진 노인이 아니다.

“천호천산에 들어가겠단 말인가? 혼자서?”

진 노인이 얼굴을 굳히고 꾸짖었다.

“오늘 낮에 보고서도 그런 생각을 하는 겐가? 목숨은 하나뿐이야. 때문에 이 세상에서 무엇보다 소중한 것일세. 그것을 그렇게 가볍게 여기면 안 돼.”

황보강이 제 손을 물끄러미 내려다보았다.

그렇게 소중한 목숨을 얼마나 많이 끊었던가. 그 무엇보다도 황제와 황후, 그리고 어린 세 공녀를 쏘아 죽인 일이 마음에 못이 되어 박혔다. 그때의 절망감을 영원히 잊지 못할 것이다.

'만약 백호에게 잡아먹힌다면 그건 내 업보 때문이라고 해야 할 것이다. 그놈이 죽은 자들을 대신하여 복수를 하는 거겠지. 그렇다면 피하지 말아야 할 일 아니겠는가.'

황보강이 자조적인 웃음을 흘렸다.

"지옥 같은 전장에서도 죽지 않고 살아온 저입니다. 백호가 아무리 영악하다고 해도 고작 짐승일 뿐입니다. 설마 짐승 따위에게 잡아먹히겠습니까?"

"이 사람 큰일 날 소리를 하는군."

진 노인이 두려운 얼굴로 사방을 두리번거렸다.

"신세를 졌으니 갚아야 할 텐데, 저에게 가진 거라고는 담력과 조그만 무용밖에 없으니 달리 갚을 길이 없군요."

"자네, 내 집을 떠나려는 거로군?"

"지난 석 달 동안 많은 신세를 졌습니다. 노인장 덕분에 이처럼 건강을 되찾을뿐더러 오랜만에 평화라는 걸 한껏 맛보기도 했습니다. 노인장 내외분과 소망이 저를 가족처럼 대해 주신 은혜는 잊지 않겠습니다."

"이 사람……."

다음날 황보강은 진 노인이 가르쳐 준 당나무집으로 황호라는 사람을 찾아갔다.

그는 기력이 사라진 추레한 늙은이였는데, 과연 그의 집에 낡은 활이 있었다. 얼마나 오랫동안 쓰지 않았는지 먼지가 뽀얗게 앉았고 군데군데 곰팡이가 피어 있는 물건이었다.

과연 이것이 제 구실을 해줄 수 있을까 하는 의문으로 활줄을 걸고 천천히 당겨보았다. 뿌드득거리는 소리가 위태롭게 났지만 활은 시위가 완전히 당겨져 반으로 굽을 때까지 부러지지 않았다.

황호는 촉이 잔뜩 녹슨 다섯 대의 화살과 그 활을 빌려주는 대가로 하루 밭일을 해줄 것을 요구했다.

그날 밤에는 먼 산에서 호랑이의 포효 소리가 들렸다.

백호일 것이다.

산 메아리를 끌고 멀리서 천둥이 치는 것처럼 은은히 들려오는 그 소리에 마을의 개들이 짖어댔고 사람들은 문을 굳게 닫은 채 이불을 뒤집어쓰고 밤새 떨었다.

황보강은 어두운 방 한가운데에 돌부처처럼 앉아 그 소리를 들었다.

참으로 오랜만에 가슴이 쿵쾅거리며 뛰었다. 피가 혈관을 달리는 그 뜨거운 느낌에 가만히 저를 맡겨두자 온몸이 서서히 달아올랐다.

흥분과 전의(戰意), 그리고 제 안에서 고개를 쳐드는 지독한 살기. 황보강은 그러한 것들이야말로 저를 저답게 해주는 것이라고 여겼다.

그리고 운명을 느낀다.

다시 들려오는 포효 소리.

황보강은 그것이 저 괴수가 저를 부르는 소리라고 여겼다.

—와라. 와서 네 운명과 부딪쳐 보아라. 여기서 너를 만나기 위해 오랫동안 기다렸다. 먼 길을 왔다. 자, 이제는 때가 되었다. 죽든지 살든지, 운명이 너를 삼키든지 네가 운명을 삼키든지 결정할 때다.

황보강의 심령 속에서 백호는 그렇게 부르짖고 있었다. 비수 같은 이빨과 빛나는 적의를 드러내며 흥분하고 있다.

"놈, 기다려라."

황보강이 들끓는 피를 달래며 지그시 어금니를 악물었다.

황보강은 다음날 일찍 사흘 분의 식량과 물주머니를 가지고 집을 나섰다.

굵은 대나무 토막을 구해 전통 대신 화살을 담아 등에 졌고 허리띠에는 지난 석 달 동안 손에서 놓고 있었던 칼을 다시 찼다.

"사흘 뒤에 다시 돌아오겠습니다. 행여 빈손으로 와도 웃지 마시기를……."

그가 고개를 숙이자 진 노인이 여전히 걱정이 가득한 얼굴로 손을 잡았고, 제 어미 뒤에 숨어서 소망은 두려움에 떨며 황보강을 훔쳐보았다.

4 풍옥빈(風玉彬)이라는 사내

한 사람을 만났다.

천호천산으로 들어가는 골짜기 초입에서였다.

사십대의 중년 사내였는데, 대나무처럼 마른 몸집에 강철을 두른 듯이 단단해 보이는 자였다. 폭이 좁은 검은 옷을 입어서 더욱 그렇게 보인다.

전체적으로 잘 벼려진 칼을 보는 것 같은 께름칙함을 느끼게 해주는 사내였다.

그래서 황보강은 그와 일백여 보나 되는 거리를 두고 떨어져 있으면서도 멈칫거렸다. 특이한 기운을 느낄 수 있었던 것이다.

사내는 적송 그늘의 바위에 걸터앉아 한가롭게 다리를 흔들며 황보강을 무심하게 바라보고 있었다.

잠시 경계의 눈으로 사내를 보던 황보강이 다시 성큼성큼 걸었다. 거리가 가까워질수록 사내의 기운은 더욱 뚜렷하게 느껴졌다. 이십 보 밖에 이르자 이제는 칼로 찌르는 것처럼 온몸에 파고든다.

황보강을 바라보는 눈빛이 서늘했다. 적의도 아니고 호기
심도 아니고 무심한 것도 아닌, 알 수 없는 빛으로 번쩍이는
그런 눈길이었다.

황보강은 그자를 외면하고 바위 아래를 지나갔다. 그렇게
몇 걸음 골짜기로 들어섰을 때 등 뒤에서 부르는 소리가 들렸
다.

"거기 잠깐 서봐라."

걸음을 멈춘 황보강이 천천히 돌아보았다. 사내의 찌르는
듯한 눈길을 마주하자 가슴에 싸늘한 기운이 흘렀다.

"사냥꾼이냐?"

황보강의 차림을 훑어본 사내가 물었다. 여전히 바위에 걸
터앉아 다리를 흔들고 있었다.

무례한 놈이다. 그러나 황보강은 참을 수 있을 때까지 참기
로 했다. 정체를 드러낼 수 없는 처지 아닌가.

"그렇소."

"호명촌에서 왔지?"

황보강이 대답하지 않자 사내가 턱으로 남쪽을 가리켰다.

"그쪽에서 오는 걸 봤거든."

황보강은 대꾸하지 않았다. 노여움을 참는 한편 사내의 의
중을 읽기 위해 신경을 집중했다.

"몇 달 전 호명촌에 낯선 자가 하나 들어왔다더니 그게 너

인 모양이구나?"

"……."

"좋아. 그런데 지금 이 산으로 들어가려는 거지? 이 산이 어떤 산인지 알고는 있는 거냐?"

황보강은 여전히 입은 굳게 닫고 있었다. 영영 열리지 않을 것 같다.

사내가 쳇, 하고 혀를 찼다.

"좋다, 나는 네 목숨을 구해주려고 하는 건데 네가 내 말을 듣지 않으면 할 수 없지."

가버리라는 듯 손을 내젓는다.

황보강이 천천히 돌아섰다. 다시 성큼성큼 걸어 골짜기 안으로 들어가는 그의 뒷모습을 바라보던 사내가 고개를 갸웃거리더니 피식 웃었다.

"특이한 놈이로군. 재미있겠어."

산에 들어온 지 이틀이 지났지만 황보강은 아무것도 잡지 못했다.

어찌 된 게 이 크고 깊은 산에 짐승이라고는 살고 있지 않은 것 같았다. 씨가 말라 버린 게 아니면 모두 멀리 달아나 버린 것처럼 싹 사라졌다.

백호의 종적 또한 찾지 못했다. 어디에도 그놈의 작은 흔적 하나 남아 있지 않았던 것이다. 맥이 빠지지 않을 수 없다.

진 노인과 약속한 사흘이 되었다.

"다음에 다시 오는 수밖에."

혀를 찬 황보강이 미련없이 돌아섰다. 왔던 길을 떠올려 가며 산을 벗어나던 중에 그는 비로소 그토록 찾던 것을 보았다.

그놈의 흔적이었다. 틀림없다.

마치 가지 말라고 붙잡는 것 같았다. 유혹하는 건지도 모른다. 그렇지 않으면 그렇게 찾아도 보이지 않던 흔적이 갑자기 이렇게 눈에 띌 리가 없지 않은가.

개울가의 젖은 땅을 밟으려던 황보강은 들어 올렸던 발을 내려놓지 못하고 굳어버렸다.

거기, 썩어가는 나뭇잎 위에 그놈의 발자국이 희미하게 남아 있었던 것이다. 틀림없이 그놈의 것이었다.

어른이 손바닥을 활짝 편 것만큼이나 커다란 짐승의 발자국.

그런 발을 가진 놈이라면 정말 황소만 한 몸집을 가진 놈일 것이다.

등줄기를 타고 전율이 치달렸다. 온몸이 긴장으로 뻣뻣해진다. 그건 묘한 두려움이면서 동시에 희열이기도 했다.

황보강은 극히 세심하게, 그리고 조심하면서 주위를 살피기 시작했다.

머릿속의 모든 생각이 싹 사라졌다. 텅 빈 공허의 상태 속에 오직 그놈에 대한 집념만이 가득 찼다.

그놈만 생각하고 그놈에게 집중하자 그토록 보이지 않았던 자취가 여기저기에서 보이기 시작했다.

발자국들이다.

그놈이 이곳을 지나갔다는 명백한 증거 앞에서 황보강은 털썩 주저앉고 말았다.

허탈감이 찾아오더니 왈칵 걷잡을 수 없는 두려움이 뒤따랐다.

어쩌면 그놈이 가까운 곳에 있을지도 모른다. 숨어서 나를 지켜보고 있을지도 모른다.

뒷골이 저려오고 머리카락이 쭈뼛 서는 공포가 온몸을 결박했다.

얼마나 그렇게 넋을 잃은 듯 주저앉아 있었을까.

골짜기를 타고 어둠이 빠르게 밀려오고 있었다. 산새소리도 멀어졌다. 적막 속에서 개울물 소리가 천둥소리처럼 들렸다.

한줄기 서늘한 바람이 불어와 머리카락을 흔들고 지나갔다.

그때가 되어서야 황보강은 비로소 본래의 저로 돌아올 수 있었다. 그러자 화가 났다. 자기 자신에 대해서였다.

아직 그놈과 대면하지도 못했다. 그런데도 이처럼 저를 사로잡아버리고 만 두려움에 대해서 화가 났고, 무기력하게 그것의 포로가 되어버렸던 자신의 형편없는 꼴에 화가 났다.

저쪽 숲에서 버석거리는 소리가 났다.

황보강이 활을 움켜쥐고 벌떡 일어섰을 때 한 사람이 상수리나무 가지 사이로 지나가는 게 언뜻 보였다. 골짜기 초입에서 마주쳤던 사십대의 그 장한이었다.

황보강은 숨을 죽이고 가만히 있었다. 대체 저놈은 여기서 무엇을 하고 있는 거란 말인가. 저처럼 지난 사흘 동안 이 숲속에 있었던 건가 하는 의문이 들었다.

그동안 내내 그의 존재를 잊어버리고 있었는데 이렇게 다시 보게 되자 더욱 수상쩍게 여겨졌다.

그건 호기심이기도 했고, 알 수 없는 적대감이기도 했다. 그렇다면 처음 보았을 때 받았던 느낌 때문일 것이다.

잠시 생각하던 황보강이 풀썩 웃었다.

상관하지 않으면 그만이다. 그는 그의 일을 하고 나는 내 일을 하면 그뿐인 것이다. 그가 참견하지 않는 한 내가 그를 신경 쓸 필요는 없지 않은가.

그렇게 생각하고 개울을 따라 조심스럽게 숲을 헤쳐 나아가는 동안 날이 완전히 저물었다.

바람이 더욱 서늘해졌고, 개울물 흐르는 소리가 더욱 커졌다. 풀벌레들의 울음소리도 여름밤 소나기 쏟아지는 소리처럼 들려왔다.

머리 위에 반쯤 남은 달이 있어서 주위를 희미하게 밝혀주었지만 그것이 닿지 않는 그늘은 더욱 어둡고 음산하게 보이는 밤이었다.

오늘 밤은 틀렸다. 오히려 그놈의 사냥감이 되지 않기 위해 어디 바위틈이라도 찾아들어 가 누워야 하리라.

배가 고파왔다. 허기를 참으며 걷는데, 갑자기 바람결에 고기 굽는 구수한 냄새가 맡아졌다.

그자일 것이다. 이 깊은 산중에 사람이라고는 저와 그 중년의 알 수 없는 사내뿐 아니던가.

잠시 망설이던 황보강이 냄새를 따라 성큼성큼 걸었다. 도대체 조심성이라고는 없는 자 아닌가 하는 불만이 커지는 만큼이나 고기에 대한 유혹이 컸다.

겁이 없는 자인지 뭘 모르는 어리석은 자인지 알 수 없지만 이 밤중에 저렇게 고기 냄새로 온 산을 뒤흔들어 놓는 건 미친 짓이었다. 백호를 불러들이는 일이니 그렇다.

그러나 개울가에 앉아 모닥불을 피워놓고 고기를 굽고 있는 사내를 보았을 때는 그런 생각이 싹 사라졌다. 오직 지글거리며 숯불 위에 떨어지는 기름에 눈이 가고, 흰 연기와 함께 그것이 풍겨내는 구수한 냄새에 코가 벌름거려질 뿐이다.

토끼인 모양이다. 가죽이 벗겨진 그것이 나뭇가지에 꿰어져 네 활개를 활짝 펼친 채 노릇노릇하게 구워지고 있는 중이었다.

"내려와라, 그렇게 군침만 흘리고 있지 말고."

사내가 돌아보지도 않고 불쑥 말했다.

황보강이 피식 웃었다. 예민한데다가 음흉하기까지 한 놈이라고 생각하면서 웅크리고 있던 몸을 일으켰다. 더 망설이지 않고 버석거리며 숲에서 나갔다.

곁에 털썩 주저앉자 사내가 작은 칼을 꺼내 익은 고깃점을 뭉텅 잘라 건네주었다.

두 사람은 모닥불 빛에 저를 훤히 드러내 놓은 채 아무런 조심성 없이 으적으적 고기를 씹어 먹는 일에만 열중했다.

"정체가 뭐냐?"

사내가 불쑥 물었다.

"그러는 당신은?"

"나?"

히죽 웃는 옆얼굴이 차갑고 단단해 보인다. 냉정한 자가 틀림없을 것이다.

"풍옥빈이라고 하지. 저 아래 대공의 성에 잠시 와 있는 중이다."

풍옥빈(風玉彬)이라는 이름을 황보강이 들어보았을 리가 없다. 그러니 그런가 보다 할 뿐인데, 그것이 오히려 다행스런 일인지도 몰랐다.

그는 귀검(鬼劍)으로 불리는 사내였다. 검으로써 이 시대의 절대자 반열에 일찌감치 올라서 있는 종사이기도 하다.

검법 수련에 매진하다가 깨우침을 얻고 세상에 내려온 지

십 년이 되었는데, 그동안 그와 같은 명성과 명예를 얻었다는
건 보기 드문 일이었다.

황보강이 잠시 망설이다가 말했다.

"나는 귀호요."

제 본래 이름을 말해줄 수 없으니 언뜻 생각나는 대로 둘러
댄 것인데, 귀호대를 생각하고 귀호(鬼虎)라는 이름을 지어낸
것이다. 그러나 풍옥빈은 돌아올 '귀(歸)'자의 귀호(歸虎)로
들었다.

그가 고개를 갸웃거렸다.

"귀호라니? 너는 원래 호랑이의 친구였느냐? 아니면 전생
이 호랑이였나?"

그러더니 히죽 웃었다.

"아하, 그래서 호신이라는 놈이 너를 봐주고 있는 모양이
다."

"봐주다니?"

"그렇지 않았다면 사흘 내내 그놈이 네 뒤를 쫓으면서 그
대로 살려뒀겠느냐?"

"억!"

황보강이 깜짝 놀라 활을 움켜쥐었다. 풍옥빈이 고개를 가
로저었다.

"소용없어. 아무리 봐도 그놈은 호신이 맞는 것 같더라. 네
놈 따위가 상대할 짐승이 아니야. 내일 날이 밝는 대로 이곳

을 떠나라. 그놈이 너를 살려줄 때 돌아가란 말이다."

"정말 그놈이 지난 사흘 동안 내 뒤를 따라다녔단 말이오?
당신이 그걸 어떻게 알지?'

모닥불에 마른 나뭇가지를 뚝뚝 꺾어 던지고 난 풍옥빈이
정색을 했다.

"내가 사흘 동안 그림자처럼 네 뒤를 밟았는데 너는 조금
도 눈치채지 못했지. 호신이라는 놈도 그렇게 했다. 나는 똑
똑히 보았어."

황보강이 더욱 놀란 얼굴이 되어 풍옥빈을 뚫어지게 바라
보았다.

"그렇다면 당신은 백호의 이목마저도 속일 수 있었단 말이
군."

"하하, 내가 마음만 먹는다면 귀신도 나를 볼 수 없을 게
다. 왜? 믿어지지 않느냐?'

시험해 보겠느냐는 듯 손가락으로 검을 툭툭 두드린다.

황보강은 이 강퍅해 보이는 중년의 사내가 역시 예사 인물
이 아니라는 걸 느꼈다.

'세상에서 고수라고 부르는 그런 사람 중의 한 명인 모양
이군.'

그렇게 생각하자 궁금해졌다. 과연 고수라는 자들의 솜씨
는 어떨까 하는 궁금증이다. 그는 아직 한 번도 그렇게 불리
는 자들과 싸워보지 못했다. 그런 자들은 전장의 병사나 장수

들과는 또 다른 싸움을 할 것이다. 대체 그게 어떤 건지 알고 싶어진다.

"쓸데없는 일이지."

그런 황보강의 마음을 아는지 모르는지 풍옥빈이 히죽 웃고 검에서 손을 떼었다. 그리고 묻지도 않은 말을 중얼거렸다.

"도대체 대공의 성에서는 할 일이 없다. 놀고 있으라고 그 많은 돈을 들여서 나를 불러오지 않았을 텐데 말이야."

황보강의 얼굴에 당장 경멸의 기색이 어렸다.

"이제 보니 당신은 돈에 팔려 다니는 자인 모양이군?"

"그게 어때서?"

풍옥빈이 태연하게 바라보았다.

"누구나 다 팔려 다니는 신세를 면치 못하지. 돈에 팔려 다니나 명예에 팔려 다니나 충성심에 팔려 다니나 그게 뭐가 다르겠느냐?"

넌지시 황보강을 바라보는 눈길이 심상치 않다. 황보강은 가슴이 뜨끔해졌다. 충성심에 팔려 다닌다는 그의 말 때문이었다.

풍옥빈이 다시 말했다.

"속 좁은 자들은 돈의 액수를 계산하지만 그렇지 않은 자는 제가 귀하게 대접받는가를 보는 법이다. 편협한 자는 제 충성심의 대가를 계산하지만 대인의 풍모를 지닌 자는 그것의 가치를 생각한다. 너는 어떠냐?"

황보강은 말하지 않았다. 자칫 저의 정체를 드러낼까 봐 더욱 조심스러워지는 건 눈앞의 사내가 음흉하고 날카로운 마음을 가지고 있다는 걸 알았기 때문이다.

그의 눈썰미는 자로 잰 듯이 정확하고, 추리하고 짐작하는 머리의 회전은 톱니바퀴처럼 치밀할 게 틀림없다. 이런 자는 세상에서 흔치 않을 것이다. 그래서 풍옥빈이라는 사내에 대하여 호기심이 더 커지는 한편 경계하는 마음도 커졌다.

그자가 말을 계속했다.

"어쩌면 너는 미끼로 쓰기에 아까운 자인지도 모르겠다."

"미끼라고?"

황보강이 어이없다는 듯 바라보자 풍옥빈이 빙긋 웃었다.

"말했잖느냐, 심심하다고. 그래서 호신이라나 뭐라나 하는 그 백호나 잡아볼까 하고 성을 나온 길이었다. 혼자서는 막막했는데 네가 나타났으니 기뻐할 일이었지."

"그래서 당신은 내 뒤를 밟았군."

"하하, 백호란 놈이 나처럼 하는 걸 보고 오랜만에 재미를 느꼈지 뭐냐. 당장 그놈을 칠까 하다가 그놈이 너를 어떻게 요리할지 궁금해서 참느라고 혼났다."

황보강은 지난 사흘 동안 아무것도 모르고 있었던 제가 한심했다. 그래서 굳은 얼굴로 모닥불을 바라보며 침묵했다.

마음속의 갈등을 다스리기 위해 애써야 하는 일이 싸우는 것보다 힘들다.

'지금 화를 내는 건 이놈의 노리개가 되는 것이다.'

그는 어쩌면 그것을 바라고 있을 것이다. 그렇다면 참아야 한다. 이것도 눈에 보이지 않는 싸움이고 병략의 하나가 될 수 있다.

상대의 의중에서 벗어나야 하고, 허를 찔러야 하는 건 개인 간의 싸움이나 나라의 싸움이나 다를 게 없다고 생각하자 마음이 편해졌다.

이번에는 황보강이 풍옥빈을 보고 히죽 웃었다.

"당신에게는 기회가 없을 것 같군."

풍옥빈이 의아해한다.

"뭐가 말이냐?"

"그놈이 나를 덮쳤을 때 당신은 여전히 그놈의 꽁무니나 훔쳐보고 있어야 할 테니까 말이오. 그러니 그놈을 잡는 재미를 보는 건 역시 나밖에 없지. 그렇지 않소? 하하하!"

풍옥빈의 얼굴이 처음으로 보기 흉하게 일그러졌다.

황보강을 바라보는 눈이 점점 가늘어지더니 살기가 번쩍이며 스며 나오기 시작했다.

第二章

호신(虎神)과의 조우

1 대면(對面)

사로잡혀 버렸다.

그렇게밖에는 받아들일 수 없는 이런 상황은 처음 겪어보는 것이다.

아니, 무정하(無情河)라는 알 수 없는 곳에서 악몽을 만났을 때도 이런 절망을 맛보았다. 그러나 그때와 지금과는 완전히 달랐다. 그때는 분노가 절망을 이겼지만 지금은 오직 공포가 있을 뿐이니 그렇다.

생전 처음 느껴보는 거대한 공포. 그것에 비하면 십삼악이라는 놈들은 아무것도 아니다.

어딘지도 알 수 없는 뇌옥 안에서 그놈들에게 지독한 고문을 당할 때도 이와 같은 공포는 느껴보지 못했다.

황보강이 얼어붙어버린 듯 꼼짝하지 못하고 있을 때, 그놈은 능청을 떨고 있었다.

해가 아직 머리 위에 있을 무렵이었다.

*   *   *

눈을 떠보니 꺼져 가는 모닥불 가에 저 혼자 누워 있었다. 잠깐 졸았던 것 같은데 잠이 들었던 모양이다. 새벽안개가 발을 핥으며 느릿느릿 흘렀고, 풍옥빈은 보이지 않았다.

황보강은 산을 내려가겠다는 생각을 어젯밤에 버렸다. 백호가 제 뒤를 쫓고 있다는 말을 들었기 때문이다.

그렇다면 곧 만날 수 있을 것이고, 잡거나 잡아먹히거나 결판이 날 것이다.

그런 지독한 마음을 먹은 건 사슬이 되어 저를 옭아매고 있는 '호랑이' 라는 말에 대한 속박에서 벗어나고 싶었기 때문이다.

나운선인으로부터 처음 들은 '호랑이' 라는 말과 '운명' 이라는 말은 강한 힘이 되어 황보강의 영혼 속에 박혀 버렸다. 그렇게 되자 그 말과 심상은 그의 본성을 구속하는 강력한 힘이 되었다. 황보강은 그게 싫었다.

더구나 암흑존자는 물론, 황제 사량격발마저 그와 호랑이를 연관시켜서 말하곤 했다. 그런 것이 황보강으로서는 감당할 수 없는 짐이었다. 내려놓고 싶었다. 그 말의 사슬로부터 스스로 벗어나고 싶었다.

그렇게 할 수 있는 방법이 백호와의 대면이라고 생각한 건 그놈이 특별한 존재이기 때문이었다. 그리고 이곳에 있지 않은가.

산속을 헤매던 지난 사흘 동안 황보강의 마음속에는 그놈과 대면하면 무엇이 되든지 결판이 날 것만 같다는 믿음이 생겼다. 그걸 위해서 목숨을 거는 건 헛된 게 아니다.

황보강은 이제 더 이상 기척을 숨기려고 애쓰지 않았다. 오직 등 뒤에 신경을 집중하고서 터벅터벅 산을 헤집고 다녔다. 그놈이 뒤따르고 있다니 제 스스로 모습을 드러낼 때까지 그럴 작정이었다.

어딘가에서 그런 저의 모습을 풍옥빈이라는 음흉한 자도 지켜보고 있을 것이다.

'그자는 내가 백호에게 잡아먹히는 게 보고 싶은 걸까, 아니면 내가 그놈을 어떻게 때려잡을지 그게 궁금할까?'

다음에 풍옥빈을 만나면 꼭 물어봐야겠다고 생각할 때였다.

뒷골이 서늘해졌다. 불길한 예감, 그리고 코끝을 스쳐 가는 비릿한 냄새.

"헉!"

황보강이 몸을 굴린 것과 동시에 머리 위로 후끈한 바람 한
줄기가 지나갔다.

전통에서 한 대의 화살을 뽑아 들고 벌떡 일어서며 시위에
살을 먹이던 그가 뻣뻣하게 굳어버렸다.

바로 십 보 앞에 그놈이 있지 않은가.

머리 위를 뛰어넘은 그놈이 허공에서 부드럽게 방향을 틀
더니 원래 그 자리에 있었던 것처럼 능청스럽게 내려섰던 것
이다.

거대한 호랑이 백호.

괴수라고 해야 할 엄청난 놈.

호신.

바로 그놈이었다.

하얀 호랑이는 처음 본다. 아니, 몸집이 황소만 한 호랑이
자체를 본 적이 없다. 그것도 하얀 놈이라니……

사람들이 왜 호신이라고 부르는지 알 수 있었다. 그렇게 부
르지 않으면 무슨 말로 저놈을 나타낼 수 있을 것인가.

그놈이 지금 열 걸음 앞에 웅크린 채 노려보고 있다. 언제
든지 도약할 수 있는 자세였다.

황보강은 겨우 시위에 화살을 올려놓았을 뿐 그것을 들어
올리지도 못하고 있었다.

활을 들어 시위를 당기고 저놈을 겨누는 데까지 최소한 반
호흡의 시간은 필요하다. 그러나 저놈이 덮치는 건 눈 깜짝할

만큼도 걸리지 않을 것이다.

스무 걸음의 거리라면 어떻게 억지라도 부려보겠지만 이처럼 열 걸음을 두고서는 모든 시도가 다 소용없다. 이 공간과 시간을 철저하게 지배하고 있는 건 바로 저놈이니까.

그걸 알기에 저놈은 눈앞에서 저렇게 느물거리고 있는 것이다.

백호는 이제 배를 땅에 깔고 엎드려 있었다. 그러다가 앞발을 핥고 뒷발을 뻗어 머리통을 벅벅 긁기도 하는 것이 눈앞에 있는 자를 철저히 무시하는 게 분명했다.

고양이가 쥐를 잡아놓고서는 이렇게 놀린다던가?

황보강은 기가 막혔다. 노여움이 인다.

사람도 아닌 한낱 짐승에게서 무시를 당하고 있으니 그랬다.

제가 아무리 사납고 흉포한 호랑이라고 해도, 아무리 크고 희귀한 백호라고 해도, 그래서 호신으로 불리는 영물이라고 해도 짐승은 짐승 아닌가. 그런 놈이 감히 사람을 무시하고 경멸하다니…….

참을 수 없는 모욕이다.

그러나 지금 황보강의 몸은 마음속의 분노와 달리 꼼짝도 하지 못하고 있었다.

활을 쥐고 있는 손에 천근의 추를 달아놓은 것 같았다. 조금도 움직일 수가 없다. 지금 그가 들고 있는 활이 세상에서 가장 무거운 물건일 것이다.

황보강은 아차 하는 사이에 저놈에게 거리를 빼앗기고 만
걸 후회하지 않을 수 없었다. 그리고 이제 제가 할 수 있는 일
이 아무것도 없다는 걸 인정해야 했다. 그건 분하기 짝이 없
는 일이고 절망이었다.

온몸이 땀으로 젖어갔다. 팔다리에 쥐가 날 정도로 근육이
긴장하여 뻣뻣해졌다.

이제는 숨마저 쉬기 힘들 정도로 긴장은 더욱 커져가기만
했다. 머리가 어지럽고 눈이 자꾸 가물거린다.

황보강이 온 힘을 다해 아주 조금씩, 눈에 띄지도 않을 만
큼씩 뒤로 물러섰다. 발을 미끄러뜨리며 한 뼘을 물러서는 데
천 년의 시간은 족히 흐르는 것 같았다.

그러면서 아주 조금씩 활을 들어 올렸다. 한 푼을 움직이기
위해서 온 힘을 다 쏟아도 부족했다.

그토록 긴장을 하고, 그토록 안간힘을 쓰고, 그토록 조심하
건만 백호가 눈치를 채는 데는 한순간이면 족했다.

발바닥을 핥던 그놈이 고개를 들더니 황보강을 직시했다.
정면으로 마주치는 그놈의 눈길이 불덩어리 같다.

그 순간 황보강은 그대로 얼어붙어 버렸다. 털이란 털이 죄
다 곤두선다. 내 의지와 노여움과는 상관없이 몸이 그렇게 되
는 것이어서 더욱 당황스러웠다. 이럴 때의 몸은 정신과 분리
된 별개의 어떤 것인가 보다.

그놈이 여전히 황보강의 눈을 쏘아보며 슬그머니 몸을 일으켰다. 그것을 보면서 황보강은 지나친 긴장으로 인해 제 심장이 터져 버리는 것 같은 고통을 느꼈다.

눈썹에 맺혔던 땀방울이 기어이 눈 안으로 들어갔다. 그러나 눈을 감을 수도 없었다. 몸이 의지의 통제에서 완전히 벗어나 버린 것이다.

그놈, 호신이 천천히 다가오기 시작했다. 그놈이 한 걸음을 내딛는 순간 황보강은 숨이 멎는 걸 느꼈다.

차라리 의식을 잃고 쓰러져 누우면 좋을 것이다. 그러면 적어도 이 공포와 절망감은 맛보지 않을 것 아닌가.

이제 그놈과 황보강과의 거리는 다섯 걸음으로 좁혀졌다. 그놈이 화롯불 속의 숯처럼 붉은 혀를 내밀어 제 입을 핥았다. 비릿하고 역겨운 숨결이 얼굴에 훅 끼쳐 온다.

'죽는다.'

황보강의 머릿속에 온통 그 생각만 가득해졌다. 기어이 저놈의 밥이 되고 마는 것이다. 풍옥빈이라는 자는 끝까지 구경만 하고 있을 것이다. 구해주지 않을 것이다.

'이런 것이 절망인가?'

불쑥 암흑존자가 생각났다. 그 요망한 늙은이의 얼굴이 하나 가득 눈앞에 떠오른다.

"그것 봐. 너는 기어이 절망이 어떤 건지 알게 되었잖아. 그것과 마주했잖아. 이제 그 절망이 너를 삼킬 것이다. 그러면 다 끝나는 거야. 캬하하하—! 결국 내 손에 들어오게 되는 것이지. 캬하하하—!'

늙은이의 갈라진 소리와 자발스런 웃음소리가 귀에 왕왕 울렸다. 그것이 황보강의 코앞에 밀려와 있는 절망을 더욱 크고 어둡고 무섭게 해주었다.

이제 그놈은 세 걸음 앞에 다가와 있었다. 고개를 앞으로 빼면 한 입에 머리통을 삼켜 버릴 수 있을 것이다.

이마에 그놈의 비릿하고 뜨거운 숨결이 훅, 훅 와 닿았다.

2 두 개의 영(靈)

—너는 무엇 때문에 이곳에 왔지?

—목적 따위는 없어. 오다 보니 발길이 이리로 향했을 뿐이다.

—천만에, 우연이라는 건 없다. 네가 이리로 오게 된 것 또한 목적이 있어서인 거야.

—그런 건 없다. 어서 죽이기나 해.

—의식하지 못했을 뿐, 목적없는 일이란 없다. 여기에 온 이유에 대해서는 네 운명이 잘 알고 있겠지.

—헛소리!

―내가 왜 여기에 있다고 생각하는 거냐?

―짐승이니 산에 있는 게 당연하지 또 무슨 이유가 필요하겠어? 헛소리 그만하고 어서 나를 죽이기나 해.

―천만에, 내가 그 많은 산을 두고 이곳에 와 눌러앉은 건 바로 이 날을 위해서다. 그게 나의 운명이었던 거야.

―헛소리! 헛소리! 짐승 따위에게 운명이라니? 흥! 나는 그런 헛소리에 이제는 신물이 난다! 어서 죽이기나 해!

―믿든 그렇지 않든 상관없어. 나는 여기에서 이렇게 너와 만나도록 되어 있었던 거니까. 여태까지는 모르고 있었는데 지금 막 깨달았다. 그게 내 운명이라는 걸.

―좋다, 그래서 뭘 어쩌라고? 여기까지 몰고 와서 기껏 네 아가리 속에 처넣어 버리는 게 빌어먹을 내 운명이란 말이지? 그렇다면 마음대로 해. 이제는 정말 지긋지긋하다.

황보강과 호신의 눈은 하나의 선으로 묶여 있었다. 떨어지지 않는다.

그렇게 붙어버린 사람과 짐승의 시선이 교감을 하고 있었다. 수많은 말을 주고받는다.

그건 영혼의 울림이면서 허공에 떠돌고 있는 어떤 기이한 힘의 교류이기도 한 그런 이상한 경험이었다.

호신의 크고 검은 눈동자 속에 황보강의 모습이 남김없이 들어가 있었다. 그리고 다시 머릿속을 웅웅 울리는 그놈의 말이 영혼 속에 파고들었다.

　—아니, 그렇지 않아. 나는 너를 잡아먹지 않는다.

　—왜? 너는 사람 잡아먹는 걸 좋아하잖아.

　—너를 끌어들이기 위해서였을 뿐이다. 그 모든 게 다 나도 모르는 이유가 있었던 거였어. 나는 이제 그걸 깨달았다.

　—그것도 운명이 시킨 일이라고?

　—그렇게 되도록 준비해 놓고 있었던 거지. 누구도, 아무것도 그 길에서 벗어날 수 없다. 너도 잘 알 텐데?

　황보강은 침묵할 수밖에 없었다.

　저를 이렇게 끌고 온 시간과 그 속에서 있었던 모든 일이 한순간에 주마등처럼 머릿속을 스쳐 갔다.

　이해할 수 없고 알 수 없으며 받아들일 수 없었던 그 모든 기이한 일들, 그리고 기이한 경험들. 지금 이 순간에 이르기까지 분노하고 싸우고 시달려 왔던 자기 자신의 모습이 객관적으로 바라보였다.

　황보강은 전혀 다른 무엇이 되어서 다른 세상에 있는 제 자신을 바라보는 것 같은 그런 이상한 경험을 하고 있었다.

　가화촌과 도유강, 그리고 말 달리던 전장과 무정하, 대황국의 황제 사량격발, 암흑존자, 나운선인…….

　그 모든 것이 저와 묶여 있었다. 아니, 제 몸뚱이에서 뻗어

나온 서로 다른 가지들처럼 그렇게 붙어 있다.

황보강이 한숨을 쉬었다. 그들이 결국 내 존재의 일부였단
말인가 하는 엉뚱한 생각이 들었다. 때로는 병이 들기도 하고
때로는 간지럽거나 쿡쿡 쑤시기도 하는 것처럼 그 모든 일과
사건들과 사연들은 나에게로 찾아와 내 안에 스며들었다. 그
러므로 이제는 그것들을 떼어놓거나 달아날 수도 없다.

그게 운명인가 하는 생각이 들자 어리둥절해졌다. 제가 겪
었던 그 우습거나 믿지 못할 일들이 나에게 달라붙어 있는
'무엇'에 의해 이루어진 것이라면 그 '무엇'을 대체 뭐라고
불러야 할 것인가.

결국 황보강은 운명이라는 말 외에는 다른 말을 찾을 수 없
었다.

어떤 현상에 딱 맞는 표현을 해줄 말이란 없다. 그러므로
말은 완전하지 않다.

그가 불완전한 말의 부족함에 탄식할 때 호신이 뒷걸음질
을 쳤다. 그러자 그것과의 교감의 끈이 가늘어지더니 툭 끊어
졌다.

힐끔힐끔 뒤돌아보면서 그놈의 그 커다란 몸통이 숲 속으
로 천천히 사라져 갔다.

―나를 죽여. 그러면 비로소 네 일이 모두 끝난다.
―너를 죽이라고? 내 손에 죽기를 원한단 말이지?

—그렇다. 단조영을 죽였던 것처럼 나를 죽여. 그래야 너
는 비로소 완전한 네 자신이 될 것이다. 그게 언제가 될지는
모르지만.

　—네가 그를 어떻게 알지?

　황보강이 깜짝 놀라 소리쳤다. 그러나 호신은 더 이상 말하
지 않았다. 힐끔힐끔 뒤돌아보면서 천천히 멀어질 뿐이다. 어
지럼증이 났다.

　그놈이 숲 사이로 사라져 보이지 않게 되고 나서야 황보강
이 쓰러지듯 그 자리에 털썩 주저앉았다.

　물먹은 솜처럼 온몸이 무겁게 가라앉기만 했다. 맥이 풀려
버려서 손가락 하나 꼼지락거릴 수도 없다.

　얼마나 그렇게 넋을 놓고 앉아서 멍하니 그놈이 사라진 숲
만 바라보고 있었을까.

　찬바람 한줄기가 갑자기 불어와 이마를 때리고 흩어졌다.

　"어?"

　황보강이 눈을 부릅떴다. 그러더니 제 눈을 마구 비벼댔
다. 그놈이 사라진 그 숲에서 한 사람이 천천히 걸어나오고
있었던 것이다.

　온통 검은 옷으로 몸을 가린 깡마른 자, 번쩍이는 눈빛, 삭
막해 보이는 기운을 피풍처럼 두른 자.

　풍옥빈이었다. 그자의 깡마른 몸이 커다랗게 보였다. 위협

적이면서 위압적인 그런 몸짓이 백호와 닮았다고 느끼는 건 그놈이 사라진 자리에 그자가 나타났기 때문인지도 모른다.

느릿느릿 다가오고 있었는데, 백호가 다가올 때처럼 그런 위압감을 느끼게 해주는 걸음이었다.

"흑호……."

황보강이 불쑥 그렇게 중얼거렸다.

풍옥빈의 모습에서 자신에게 다가오는 커다란 검은 호랑이 한 마리를 본 것이다. 그게 풍옥빈인지 아니면 풍옥빈이 그놈인지 알 수 없다.

다가온 풍옥빈이 쯧쯧, 하고 혀를 찼다.

"이봐, 정신 차려라."

멍하니 자신을 바라보는 황보강의 눈을 들여다보던 그가 다시 혀를 찼다.

"하긴, 그 지경을 당하고서도 넋이 나가지 않는 놈이 어디 있겠느냐? 아무튼 용하다. 잡아먹히지 않았으니 말이다."

고개를 갸웃거린다.

"이상하단 말이야. 그놈이 정말 너를 살려주기로 작정한 건가? 어떻게 그럴 수가 있지?"

종일 황보강은 아무 말도 하지 않았고, 그게 더 궁금해서인지 풍옥빈은 그의 곁에서 조금도 떨어지지 않았다.

풍옥빈은 황보강보다 나이가 훨씬 많았다. 사십대 중반이니 열 살 이상 많은 것이다. 그런 그가 마치 화난 아버지의 옷자락을 붙잡고 매달려 종종걸음 치는 아이 같으니 우습기도 했다.

"말해봐라. 도대체 그놈과 무슨 이야기를 했지?"

벌써 몇 번째 채근하여 묻는 건지 모른다. 그러나 황보강은 듣지 못한 것처럼 입을 꾹 다물고 있기만 했다. 돌아보지도 않는다.

그는 제가 어디로 가고 있는 건지도 모르는 게 틀림없었다. 그저 발길 내키는 대로 터벅터벅 숲 속을 걸어가고 있는데, 개울을 만나면 첨벙거리며 건너고, 골짜기가 나오면 미끄러지며 내려갔다. 그건 마치 몽유병자가 꿈속을 헤매는 것과도 같았다. 그런 그의 그림자가 된 듯이 뒤따르던 풍옥빈이 기어이 벌컥 화를 냈다.

"거기 서!"

날카롭게 외치지만 황보강은 그것마저 듣지 못한 것처럼, 아니면 무시하는 것처럼 뚜벅뚜벅 제 길을 갈 뿐이었다.

휙, 하는 소리와 함께 그의 머리를 훌쩍 뛰어넘은 풍옥빈이 열 걸음 앞에 뚝 떨어져 내렸다. 허공에서 우아하게 몸을 틀어 황보강을 정면으로 바라보며 내려서는 것까지 백호가 그렇게 했던 것과 똑같다.

"억!"

그래서 황보강은 다시 한 번 크게 놀라 눈을 부릅떴다. 이번에는 검은 호랑이 한 마리가 제 머리를 뛰어넘어 내려서는 걸 본 것이다. 백호만큼이나 크고 무섭게 생긴 놈이다.

그놈이 흰 이빨을 드러내고 으르렁거리며 몸을 웅크렸다.

"네까짓 놈이 감히 나를 무시하는 거냐? 이제 더 이상은 참지 않겠다."

"……."

"좋아, 끝까지 나를, 이 풍옥빈을 무시하겠다는 거지? 그렇다면 내가 어떤 사람인지 보여줄 수밖에. 네놈 따위가 무시할 사람이 아니라는 걸 가르쳐 줄 테다."

가늘고 긴 손가락이 검 자루에 닿는다.

황보강은 멍하니 그런 풍옥빈을 바라보고 있을 뿐이었다. 왈칵 살기가 쏘아져 와 이마를 때리지만 느끼지 못하는 것 같다.

─위험해!

그의 안에서 급하게 외치는 소리가 들려왔다.

─너는 멍청한 거냐, 아니면 담대한 거냐? 스스로 목숨을 내줄 작정이냐? 저놈은 정말 네 목을 칠 것이다.

황보강이 눈을 끔벅거렸다. 갑자기 들려온 낯선 음성에 어리둥절하고 당황한 것이다.

그러나 그건 이미 귀에 익은 음성이었다. 단조영이다. 죽음을 통해 제 안에 스며들어 영혼을 공유하게 된 기이한 존재. 그가 이제는 황보강을 움직였다. 무기력해지고 만 그의 의지를 밀어내고 자신의 의지로 모든 것을 지배한다.

'온다!'

그의 다급한 외침 속에는 긴장이 서려 있었다. 그러나 두려움은 없다.

캉!

황보강이 칼을 뿌리며 훌쩍 뛰어 다섯 걸음 왼쪽으로 비켜섰다. 허공에 걸린 요란한 쇳소리가 윙윙거리고 울렸다. 화르륵, 피어올랐던 불똥이 가라앉기 전인데 소리도 없이 풍옥빈의 두 번째 검격이 떨어졌다.

실로 바람같이 은밀하고 유성처럼 재빠른 움직임이었다. 그 검에 실려 있는 충만한 투지와 힘이 어디에서도 보지 못한 것이다. 찌르고 후려치고 베어오는 교묘하고 정교한 검격 또한 그렇다.

그 앞에서 황보강은 뻣뻣한 장승이었다. 아니, 우습게 생긴 허수아비 같다. 그것이 아무런 가식이나 정교함도 없이, 법칙도 없이 제멋대로 움직였다. 바람에 흔들리는 버드나무 잎처럼. 물결에 떠내려가는 종이배처럼.

그리고 믿어지지 않게도 눈 깜짝할 사이에 종횡으로 쳐 나온 풍옥빈의 검격을 모두 피해 버렸다.

"이놈! 이제 보니 음흉하기 짝이 없는 놈이었구나!"

풍옥빈이 놀라고 부끄럽고 화가 나서 크게 소리쳤다.

황보강이 자신의 검초를 이처럼 가볍게 피할 수 있으리라고는 꿈에도 생각하지 못했기에 놀람이 더욱 크다.

그는 눈앞에 있는 저 애송이가 들어보지 못한 고수라는 걸 알았다. 자신의 검이 이미 정상에 올라 더 이상 오를 곳이 없다고 여겼는데 황보강의 움직임을 보니 그는 제 머리 위에 있지 않은가.

그러나 인정하고 싶지 않다.

빠드득, 이를 간 풍옥빈이 더욱 힘을 냈다. 내 검이 그렇게 시시한 게 아니라는 걸 기필코 보여주고 말겠다는 듯 필생의 힘과 뜻을 기울여 후려친다.

윙윙거리는 검명(劍鳴)이 허공에 가득 찼고, 그것이 쏟아내는 싸늘한 검광이 별빛의 소나기처럼 흘렀다.

"좋다! 이건 정말 멋지지 않은가!"

황보강이 버럭 소리쳤다. 그리고 비로소 칼을 들어 그 별빛의 소나기 속으로 뛰어들었는데, 춤을 추는 것 같았다.

나운선인의 무상검이었다. 그 첫 번째 초식의 변화가 한순간에 펼쳐졌다.

황보강은 무상검의 마지막 초식을 알고 있을 뿐, 첫 번째와 두 번째 초식에 대해서는 일초 반식도 배우지 않았다. 그것들을 딱 한 번 구경한 적은 있었다. 연무장에서였다. 단조영이 몰려드는 악몽들을 베어 넘길 때 사용한 게 바로 그 검법 아니었던가.

그런데 지금, 그의 칼은 무상검의 제일초와 이초 이십팔변을 더 이상 능숙할 수 없을 만큼 능숙하게 펼쳐 내고 있었다. 변화와 변화가 샘솟듯 하고 자연스럽게 이어졌다. 칼이 저절로 그렇게 하는 것 같다.

수많은 풍경이 일제히 흔들리는 것처럼 따라라랑, 하는 낭랑하고 맑은 소리가 쏟아져 나왔다. 황보강의 칼이 풍옥빈의 검을 밀어내고 두드려 대는 소리였다.

그리고 갑자기 낙뢰가 되어 떨어진다.

"으헛!"

풍옥빈이 크게 놀라 소리치며 온 힘을 다해 검을 쳐냄과 동시에 힘껏 뒤로 몸을 뺐다.

쾅!

떨어지는 황보강의 칼을 후려친 보검이 부러질 듯 크게 휘며 윙윙거렸다. 그 충격에 가슴마저 먹먹해지는 것이어서 풍옥빈은 더 놀랄 수 없을 만큼 놀랐다.

그가 창백해진 안색으로 거친 숨을 몰아쉬며 황보강을 바라보았다.

황보강은 제 본래의 모습으로 돌아와 있었다. 단조영은 다시 영혼의 어둠 속으로 숨어들어 가고 황보강 본래의 의지와 정신이 되살아난 것이다.

황보강이 칼을 거두며 고개를 끄덕였다.

"훌륭했소. 풍 형의 그 검격은 과연 천하를 놀라게 할 만한 것이요. 진심으로 탄복했다오."

너를 인정해 줄 테니 이제 이런 쓸데없는 싸움은 그만두자는 듯이 바라본다.

풍옥빈이 입술을 깨물었다. 황보강을 노려보는 눈에 의혹과 호기심과 불만이 가득했다. 다시 한 번 해보고 싶다는 충동이 크게 일어 참기 힘들다.

'내 검이 저까짓 놈 하나를 치지 못한단 말인가? 그렇게 형편없는 것이란 말인가? 그건 인정할 수 없어!'

그의 감정은 그렇게 악을 쓰며 독기를 뿜어내지만 그의 이성은 그렇지 않았다. 그리고 풍옥빈은 제 감정에 쓰러지고 말 어설픈 자가 아니었다. 그는 어떤 상황에서도 냉정을 잃지 않을 만큼 충분한 수련과 수양을 쌓은 검객인 것이다.

그가 검을 거두며 다시 한 걸음 물러섰다. 황보강을 바라보는 눈길이 침착하게 가라앉아 있었다.

3 광양가(廣陽街)의 일전(一戰)

황보강이 돌아왔을 때 진 노인과 그의 가족들은 모두 기절할 만큼 놀라고 기뻐했다.

우두커니 서 있는 황보강의 어깨를 어루만지며 진 노인이
눈물을 내비쳤다. 호랑이에게 물려갔던 자신의 둘째 아들이
살아 돌아온 것 같은 심정이었던 것이다.

"정말 돌아왔군. 허참, 이런 일이 있다니, 믿어지지 않아."

황보강은 아무 말도 하지 않았다. 깊이 가라앉아 있는 그의
어두운 눈 속에서 진 노인은 그가 무언가 심각하고 무서운 일
을 겪었다는 걸 알았다.

한마디도 하지 않으니 그게 무언지 알 수 없다. 그러나 진
노인은 황보강이 스스로 그것을 극복할 것이라고 믿었다. 그
리고 나면 그는 이전보다 더 크고 무서운 사람이 될 것이다.

진 노인이 한숨을 쉬었다.

그 후 황보강은 무엇을 생각하는지 넋이 나간 사람처럼 멍
하니 나무 아래 앉아 있기만 했다. 식사 때가 되어도 밥을 먹
을 생각을 하지 않았고, 밤이 깊어도 잠자리에 들지 않았다.

찬 이슬을 고스란히 맞으면서, 달빛에 젖어가면서 꿈을 꾸
듯 몽롱한 제 눈빛 속으로 깊이 가라앉아 가기만 했던 것이
다.

진 노인은 황보강을 그대로 놓아두었다. 보다 못한 진 부인
과 소망이 눈물을 흘리며 어떻게든 그의 마음을 돌려놓아야
하지 않겠느냐고 했지만 진 노인은 고개를 가로저을 뿐이었
다.

"그는 지금 크고 단단한 문 앞에 홀로 서 있는 거야. 그 문

을 깨뜨리기 위해서 누구보다 용맹하게, 온 힘을 다해서 싸우고 있는 거야. 나는 그가 반드시 승리할 것이라고 믿는다. 그러니 스스로 이겨내도록 내버려 두는 게 우리가 그를 도와주는 유일한 일이지."

그러나 소망의 마음은 그렇지 않았다. 날이 어두워지면 그녀는 울면서 황보강의 몸에 담요를 둘러주었고, 그와 함께 꼬박 밤을 새웠다.

비록 황보강은 나무 아래에, 소망은 제 어두운 방에 떨어져 앉아 있었지만 그녀의 마음은 황보강이 바라보고 있는 어둠과 닿아 있었다.

진 노인은 하루 종일 혼자서 넓은 밭에 나가 가을의 따가운 햇볕에 익어가며 밀을 추수했다. 늙어 힘없는 손으로 하는 낫질이 신통할 리 없건만 멈추지 않는 건 그 또한 황보강의 어둠을 바라보기 때문이었다.

묵묵히 자신의 일을 함으로써, 이를 악물고 허리와 팔다리의 고통을 참음으로써 황보강의 고통을 느끼고 그를 도와주기를 천지신명께 비는 것이다.

몸으로 보여주는 그런 진 노인의 마음은 천 마디 만 마디의 말보다 절실한 기도이기도 했다. 자신의 노동과 고통을 제물로 드리는 행위나 다름없으니 그렇다.

닷새가 된 날 황보강이 비로소 툴툴 털고 일어났다.

그때만을 기다리고 있던 진 부인이 얼른 따뜻하게 데워진 죽 한 그릇을 내밀었다.

그녀는 지난 닷새 동안 황보강을 위하여 날마다 죽을 끓였고, 그것이 식지 않도록 하루 종일 데우기를 멈추지 않았던 것이다. 그러므로 그녀의 제단은 부엌이었다.

그것을 훌훌 마시듯이 깨끗이 비운 황보강이 고맙다는 말도 없이 낫을 들고 들로 나갔다.

거기, 누런 밀밭에 진 노인이 쓰러져 있었다.

지난 닷새 동안 그가 추수하여 쌓아놓은 밀 다발은 장정이 하루 일한 만큼도 되지 않았지만 거기 쏟아놓은 땀과 고통은 그것의 몇십 배가 되리라는 걸 황보강은 잘 알 수 있었다.

그가 말없이 진 노인을 안아 언덕 위 나무 그늘에 눕혀놓고 밭으로 들어갔다. 서걱서걱 밀을 한 다발씩 베어낸다.

언제부터인가 일어나 앉아 그 모습을 바라보던 진 노인이 옷소매로 눈물을 찍어냈다.

이제 헤어질 때가 되었다는 걸 안 것이다.

날이 어두워졌다.

비로소 허리를 편 황보강이 진 노인과 함께 둑길을 걸어 집으로 향했다.

새들이 제 둥지를 찾아 돌아오고 있는 걸 물끄러미 바라보던 진 노인이 한숨을 쉬었다.

마을 어귀, 돌담길 골목이 바라보이는 곳에 한 사람이 서 있다가 머뭇거리며 나왔다. 소망이었다.

"그러잖아도 그만 돌아오시라고 부르러 나가던 길이었어요."

묻지도 않은 말을 하며 얼굴을 붉힌다.

진 노인이 황보강의 어깨를 한 번 두드려 주고는 말없이 앞서 걸어갔다. 황보강은 소망에게 가로막혀 한 발작도 나아갈 수 없었다.

그가 눈을 끔뻑이며 물끄러미 바라보자 소망이 다시 얼굴을 붉히고 고개를 숙였다.

"우리 저리로 돌아가요. 아직 밥이 익지 않았으니 괜찮아요."

황보강의 옷소매를 잡고 이끈다.

"걱정했어요, 잠도 자지 못할 만큼."

들릴 듯 말 듯 겨우 그 한마디를 하고는 힐끔 쳐다보는 눈길에 애절함이 가득 담겨 있었다.

멀리서 부엉이가 울었다.

황보강은 뭐라고 말해야 할지 알지 못해 그저 느릿느릿 걷기만 했고, 소망 또한 그랬다. 제 옷자락만 닳도록 만지작거렸다.

저 아래 어둠에 잠겨가는 들을 바라보며 마을을 반 바퀴쯤 돌았을 때 소망이 황보강의 옷자락을 잡아당겼다.

"천천히, 좀 천천히 가요."

그를 세우고는 털썩 주저앉는다.

"조금 더 있다 가도 괜찮아요."

황보강이 그녀를 물끄러미 내려다보았다. 무어라 한마디 쯤 말을 할 만도 한데 그는 입이 딱 붙어버린 사람처럼 말이 없었다.

천호천산에서 돌아오더니 말을 잊어버린 것 같았다. 여태 까지 한마디도 하지 않았던 것이다.

그가 소망 곁에 털썩 앉았다. 묵묵히 저문 들만 바라본다.

적막한 시간이 얼마나 지났을까, 제 무릎에 얼굴을 파묻고 있던 소망이 고개를 들었다. 황보강의 단단하고 어두운 옆모 습을 바라보더니 머뭇거리며 손을 내밀어 그의 손을 잡았다. 그리고 살며시 머리를 기대온다.

"오라버니……."

"……."

황보강의 어깨가 흠칫 떨렸다.

"나는 오라버니가 영영 떠나 버릴까 봐 늘 불안해요. 붙잡 을 수도 없을 테니 더 그렇답니다."

황보강은 처음 들어보는 '오라버니'라는 말이 머릿속에 윙윙 울려서 그녀가 뭐라고 하는지 한마디도 알아듣지 못했 다. 그래서 더욱 말을 할 수가 없다.

"천호천산은 한번 들어가면 다시 돌아오지 못하는 무서운 산이지요. 오라버니 혼자 그곳에 들어가겠다고 했을 때 나는 너무 두려웠어요, 숨이 막힐 만큼. 하지만 말리지도 못했지요. 그럴 용기도 없었고, 말릴 수도 없다는 걸 잘 알기 때문이었어요."

말하기 시작하자 그녀는 용감해진 것 같았다. 더 이상 얼굴을 붉히지 않았다.

"그리고 아무 말도 없이 먹지도, 잠자지도 않고 닷새씩이나 나무 아래 앉아 있기만 했을 때는 더 무서웠어요."

울먹이는 것도 같다.

잠시 말을 멈추었던 소망이 황보강을 잡은 손에 더욱 힘을 주었다.

"하지만 그것도 지금처럼 무섭지는 않았답니다."

황보강이 비로소 소망을 바라보았다. 그녀가 고개를 숙이고 기어이 낮게 흐느꼈다.

"이렇게 돌아와서 기쁘지만 오라버니가 또 떠날 걸 알아요. 이번에는 저 산이 아니라 세상이 되겠지요. 그리고 그곳은 천호천산보다 열 배는 무섭고 위험한 곳이겠지요. 다시 살아서 지금처럼 돌아올 거라고 믿을 수 없겠지요."

그래서 슬프고 불안해 못 견디겠다는 듯이, 떠나지 못하도록 붙잡고 말겠다는 듯이 두 손으로 황보강의 팔을 끌어당겼다. 그러면서 더욱 그에게 기댔다. 제 체중 전부를 황보강의 어깨에 실으려는 것처럼.

황보강은 무슨 말을 해야 할지 몰랐다. 아니, 해줄 말이 없었다. 떠나지 않겠노라고, 아니면 꼭 다시 돌아오겠노라고 약속해 주기 바라는 그녀의 마음이 아프도록 느껴졌기 때문이다. 그래서 오히려 침이 마르고 입이 굳어졌다.

한참 동안 두 사람은 말없이 은은한 달빛 속에 앉아 있었다. 어느새 어둠이 짙어졌지만 둘 다 모르고 있는 것 같았다.

문득 억새꽃 위에 부서지는 달빛에 눈이 부셨다. 그래서 눈살을 찌푸렸던 황보강이 비로소 입을 열었다. 산에서 내려온 후 처음이었다.

"누구나 저의 길을 가고 있지. 가지 않으면 안 되는 그런 길이다. 그래서 떠나게 마련인 거야. 그때가 언제인지 모를 뿐이다. 돌아오는 사람도 있고 그렇지 않은 사람도 있겠지. 길이 어디에서 끝나는 건지 끝까지 가보지 않고서는 알 수 없으니까 말이다. 나도 그래."

소망이 눈물로 얼룩진 얼굴을 들었다. 서글픈 웃음 속에는 그것보다 더 큰 슬픔이 깃들어 있었다. 그러면서도 드디어 황보강이 입을 열었다는 기쁨으로 반짝이기도 했다.

"알아요, 오라버니가 이곳에서 영영 농사지으며 살 사람이 아니라는 걸."

음성이 달빛을 털어내고 있는 하얀 억새꽃처럼 가늘게 떨렸다.

"오라버니는 우리와 다른 사람이라는 걸 처음부터 알고 있었어요. 그래서 더 안타까웠답니다. 떠날 사람이라는 걸 알고 만난 것과 같으니까요."

"……"

"하지만 내년 봄 파종을 할 때까지는 있어줄 거죠? 그래서 파란 싹이 돋아나는 걸 함께 봐요 그런 다음에 떠난다면 붙잡지 않을게요. 그래 줄 거죠?"

제발 그러겠노라고 말해달라는 듯 간절한 눈으로 바라본다. 그런 그녀에게 무슨 말을 해줄 수 있을 것인가.

황보강은 이번 밀 추수가 끝나는 대로 이곳을 떠날 생각이라는 말을 차마 할 수 없었다.

"허락한 걸로 알겠어요."

황보강이 물끄러미 바라보기만 할 뿐 아무 말도 하지 않자 그렇게 믿어버린 소망이 배시시 웃으며 어깨에 볼을 비벼댔다.

*   *   *

"어디로 떠난단 말이요?"

"대공께서 나를 고용한 건 대공의 목숨을 노리는 강호의 고수들로부터 보호해 달라는 의미 아니었습니까?"

"그렇소. 그리고 그동안 풍 대협이 있었기에 나는 편히 잘 수 있었소이다. 풍 대협이 내 성에 있는데 누가 감히 담을 넘어 들어올 생각을 하겠소?"

"바로 그것 때문에 떠나겠다는 것입니다."

"그것 때문이라니?"

눈을 휘둥그레 뜨는 사람은 육십대의 비대한 노인이었다. 살결이 희고 귀티가 배어 있는 위압적인 노인이다.

그가 바로 이곳의 영토를 관장하는 주인이자 적망대공으로 불리는 나하순이었다.

풍옥빈이 찻잔을 내려놓고 그를 똑바로 바라보았다.

"이제 더 이상 대공을 지켜 드릴 자신이 없습니다. 그러니 소생이 성에 있을 의미가 없지요."

"그 말은……."

"짐작하시는 대로입니다. 이곳에 소생이 감당할 수 없는 고수가 나타났으니 그가 담을 넘어 들어온다면 소생으로서는 부끄러움을 당할 뿐입니다. 그러니 대공은 늦기 전에 그를 고용하는 게 현명할 것입니다."

"어허—"

적망대공 나하순이 믿지 못하겠다는 듯 풍옥빈을 마주 보았다.

"천하가 아무리 넓다 한들 풍 대협만 한 검객이 어디 또 있겠소? 그건 일 년 전에 가릉삼호를 일 검에 찔러 죽인 것으로 이미 증명되었지 않소? 그 이후로 감히 풍 대협에게 도전해 오는 자가 없었고, 감히 나를 넘보는 자가 없어지지 않았소? 그런데 자신이 없다니?"

나하순과 영토의 경계를 맞대고 있는 고운성(高雲城)에는 몇 달 전부터 가릉삼호(加稜三豪)라고 하는 세 명의 고수가 와 있었다.

대륙 중부 음계하(陰繼河)가 흐르는 가릉지방 출신인데 세 명이 의형제를 맺고 강호를 종횡했다.

그들 삼 인의 무공이 기이하도록 높았으므로 강호에는 감히 그들과 맞서려는 자가 없었다. 사람들은 그들을 가릉삼호라고 부르며 언제 어디에서나 한 걸음 양보해 주었다.

나하순에게 그들은 눈엣가시요 턱 밑의 비수나 다름없었다. 가릉삼호를 믿고 한층 거만해진 고운성주 곽영화(郭榮華)가 언제 자신의 영토를 침범할지 몰라 불안하기만 했던 것이다.

곽영화는 대황국의 황제 사량격발로부터 남작(男爵)의 칭호를 받은 자였다. 충성의 맹세와 함께 많은 예물을 바친 대가였다. 그 후 기고만장해 있었는데 이제는 호랑이에게 날개가 달린 셈 아닌가.

전전긍긍하던 대공은 이리저리 수소문한 끝에 풍옥빈에 대하여 알게 되었다. 그만 한 자가 없다고 여긴 그는 수차례 사람을 보내 사정하고 거금을 들여서 기어이 풍옥빈을 데려올 수 있었다. 대공은 뛸 듯이 기뻐했다.

적송망에 온 이후 하는 일 없이 빈둥거리던 풍옥빈이 어느

날 아무 말 없이 성을 나갔다. 혼자였다. 어디로 가느냐고 묻는 수문장에게 한마디만 했다고 한다.

"천기가 비로소 내게로 돌아왔으니 이 좋은 때를 어찌 놓치겠는가?"

그리고는 뚜벅뚜벅 걸어 곽영화의 고운성으로 들어갔다.

성에 들어온 그는 광양가(廣陽街)라고 불리는 넓은 길 복판에 우뚝 서서 큰 소리로 가릉삼호를 불렀다.

풍옥빈이 왔다는 말에 놀란 가릉삼호가 허리띠와 신발 끈을 단단히 매고 달려나왔다. 그리고 광양가 복판에서 풍옥빈과 마주 섰다.

그들은 형식적인 인사 몇 마디를 나누었을 뿐 별말없이 바라보기만 했다. 그러던 어느 순간 아무런 예고도 없이 와락 서로에게로 뛰어들었다. 수많은 사람들이 그 싸움을 지켜보았다.

그때 풍옥빈이 보여준 검법은 신기(神技) 그 자체였다고 한다. 눈을 감았다 뜬 순간에 싸늘한 검광이 뻗어나갔고, 사람들이 '앗!' 하고 놀랐을 때 가릉삼호가 일제히 쓰러졌다고 하니 상상을 불허하는 쾌검이었을 것이다.

풍옥빈은 이게 대체 어떻게 된 일인가 하고 어리둥절해하는 사람들 사이를 유유히 걸어서 다시 적송망의 성으로 돌아왔다.

그게 일 년 전의 일이다.

광양가에서의 대결로 풍옥빈의 명성은 하늘을 찌를 듯이 치솟았다. 그 후 다시는 나하순의 영토를 기웃거리는 자가 없었다.

4 입성(入城)

적망대공 나하순이 눈을 가늘게 뜨고 바라보았다.

"혹시 돈이 부족해서 그런 거라면 그냥 탁 터놓고 말합시다. 얼마든지 요구하는 대로 줄 의향이 있소."

풍옥빈의 입가에 차가운 비웃음이 스쳐 갔다.

"내 한 몸 살아가는 데 얼마나 많은 돈이 필요하겠습니까?"

"그렇다면 정말 당신보다 뛰어난 고수가 이곳에 있단 말이요?"

"그렇습니다."

"허—"

풍옥빈은 자신의 부족함을 인정하는 걸 부끄러워하지 않았다. 담담하고 당당하다. 그것이 대공의 마음을 움직였다.

"어디로 가시려오?"

"소생이 고운성의 곽 성주에게 몸을 의탁할까 봐 걱정하시는 거라면 쓸데없습니다."

"아니, 꼭 그런 건 아니고……."

대공의 흰 얼굴에 은은히 부끄러워하는 기색이 떠올랐다.

풍옥빈이 자조적인 웃음을 흘렸다.

"부족한 걸 알았으니 어디 깊은 산중에라도 들어가 다시 검의 도를 닦고 심신을 수양해야겠지요."

잠깐 생각하더니 빙긋 웃는다.

"멀리 갈 것도 없겠군요. 천호천산이 적당하겠습니다. 산이 높고 골짜기가 깊은데다가 오랫동안 사람이 출입하지 않아 적막하기 그지없으니 그곳보다 좋은 곳은 없을 것 같습니다."

대공이 깜짝 놀랐다.

"천호천산이라니? 그곳에는 호신이 있지 않소? 그놈이 두렵지 않단 말이요?"

"하하, 호신은 이제 다시 나타나지 않을 것입니다. 어디론가 멀리 가버렸으니 우환 하나가 사라진 셈이지요."

"그게 정말이오? 아니, 어떻게?"

"보았으니까요, 그놈이 떠나는 걸."

"당신이 그렇게 했단 말이요?"

"소생이 말씀드린 그 사람이지요."

"허—"

대공이 비대한 몸을 뒤로 물렸다.

*   *   *

한낮의 햇볕은 여전히 따가웠다.

황보강은 땀을 뻘뻘 흘려가면서 낫질하기에 여념이 없었다. 지금으로서는 밀을 추수하는 게 자신이 해야 할 유일한 일이다. 그것에 충실한 것이 옳은 일 아닌가.

그래서 그는 머릿속의 온갖 잡념을 모두 떨쳐 버리고 오직 밀을 베어내는 데 열중했다.

낫이 움직이고, 서걱서걱 하는 소리가 날 때마다 황금빛 밀대가 한 움큼씩 잘려 쓰러졌다. 그것을 가져다가 한쪽에 다발로 쌓아두는 일도 진 노인에게는 벅찼다.

그러나 숨을 헐떡이면서도 쉬지 못하는 건 황보강의 일에 방해가 되지 않으려는 마음에서였다.

그건 밀대를 한 다발씩 묶어 세워놓는 소망도 마찬가지였다. 여린 손바닥이 부르틀 지경이지만 멈추지 않는다.

오십 무의 밀밭은 막막해 보였다. 황보강 혼자서는 아무리 베어도 내일까지 추수를 마칠 수 없을 것 같았다.

하지만 무슨 일이 있어도 내일까지는 모두 베어내야 했다. 그래야 탈곡을 하고 가마에 담아둘 수 있다. 그것을 대공의 성까지 운반하는 데만도 이틀은 족히 걸릴 것이다.

그러니 서두르지 않으면 성의 감독관이 정해준 날짜에 맞출 수 없다. 그러면 그자가 병사들을 끌고 와 한바탕 포악을 떨어뗄 것 아닌가.

황보강은 진 노인이 그런 꼴을 당하도록 할 수 없었다. 만약 그런 상황이 벌어진다면 기어이 참지 못하고 나서게 될 텐데 그것 또한 진 노인을 위해서 좋은 일이 아니기 때문이다.

점심때가 되자 진 부인이 바구니에 먹을 것을 담아 가지고 왔다. 거친 조밥 한 그릇과 나물 몇 가지, 그리고 삶은 감자 한 바가지가 고작인 초라한 점심이었다.

그러나 땀 흘려 일한 뒤의 식사는 꿀보다 달았다. 게다가 오늘은 잘 익은 농주까지 한 사발씩 돌아가니 더 그렇다.

그래서 밭둑 위 나무 그늘에 펼쳐진 오찬의 자리는 세상의 그 어떤 것보다 풍요롭고 행복한 자리가 되었다.

"여보, 저게 뭐지요?"

황보강이 아껴가면서 진한 농주를 천천히 마시고 있는데 진 부인이 놀란 소리로 말했다.

그녀가 가리키는 곳을 바라본 진 노인의 안색이 금방 어두워졌다. 소망도 잔뜩 겁을 먹고 황보강의 등 뒤로 숨었다.

언덕 저 아래, 밭으로 오르는 구불구불한 길을 따라 한 떼의 행렬이 다가오고 있었다.

깃발을 세워 든 말 탄 병사들이 앞서고, 그 뒤를 덮개 있는 마차가 따랐으며, 의관을 정제한 성의 관원과 갑주를 입은 병사들이 마차를 따랐다.

말을 타거나 걷고 있는 병사가 삼백여 명이나 되는 거창한

행렬이었다.

수십만의 대군이 움직이는 걸 보아온 황보강으로서는 눈에 차지도 않는 일이었지만 이런 촌에서야 어디 저런 행렬을 구경할 기회가 있겠는가.

"대공이다. 그가 오고 있어."

진 노인이 벌떡 일어섰다. 잔뜩 겁에 질려 있다.

"대공이 왜?"

황보강은 의아했다.

진 노인의 밀밭은 마을에서도 뚝 떨어져 외진 산비탈 아래에 있었다. 주변에 다른 사람의 밭도 없다. 그러니 감독관이라면 모를까, 대공이 몸소 찾아올 리가 없는 것이다.

그들이 어쩔 줄 모르는 사이에 기마병사 십여 명이 먼저 말을 달려 올라오더니 사방으로 흩어져 지키고 섰다.

얼마 지나지 않아 대공의 행렬이 밭두렁 건너에 도착했다. 보병들이 무리 지어 밭두렁을 따라 달려왔고, 대공이 마차에서 내렸다.

부하들의 엄중한 호위를 받으며 거만한 모습으로 밭둑길을 따라 다가온다.

황보강이 눈살을 찌푸렸고, 진 노인은 이제 사색이 되어서 벌벌 떨기만 했다. 저만큼 대공이 보이자 털썩 꿇어 엎드린다. 진 부인과 소망도 그랬지만 황보강은 낯을 찌푸린 채 그대로 서 있었다. 대공과 나란히 걸어오고 있는 한 사람을 알아본 것이다.

풍옥빈이었다.

"베어라. 돌아가기 전까지 다 끝내."

대공의 한마디에 보병들이 갑주를 벗어던지고 칼을 뽑아 들었다. 전장에 뛰어드는 자들처럼 '와아!' 하고 소리치며 일제히 밀밭으로 달려 내려가더니 낫 대신 칼을 휘둘러 밀대를 베어내기 시작했다.

와사삭거리고 서걱거리는 소리가 금방 저 앞쪽으로 멀어져 간다. 그들이 지나간 자리에는 무참히 베어진 밀대가 수북하게 쌓였다.

"이제 되었겠지?"

대공이 흡족한 웃음을 띠고 황보강을 바라보았다.

함께 성으로 가자는 대공의 말을 밀 추수가 아직 끝나지 않아서 그럴 수 없노라고 사양했던 황보강은 머쓱해지고 말았다.

내키지 않는다. 그래서 다시 어떤 핑계를 대야 하나 궁리하는데 대공이 앞질렀다.

"가져와."

그 말이 끝나기가 무섭게 집사로 보이는 자가 재빨리 오동나무 함 한 개를 들고 달려와 황보강에게 공손히 내밀었다.

"약속했던 황금 열 근일세. 호신을 쫓아준 대가이니 당당히 받게."

집사가 함 뚜껑을 열었다. 햇빛을 받은 금화가 눈부시게 번쩍였다.

천호천산의 백호에게 걸었던 현상금이다. 하지만 황보강은 선뜻 손을 내밀 수 없었다.

풍옥빈이 다가와 그런 그에게 귓속말을 했다.

"이곳보다는 대공의 성이 안전할 것이다."

"당신?"

황보강이 눈을 크게 뜨자 풍옥빈이 빙긋 웃었다.

"쫓기고 있는 신세 아닌가? 한눈에 알아보았지."

그러더니 황보강이 뭐라고 하기 전에 다시 말했다.

"대공의 성에서 잠시 쉬면서 천천히 계획을 세워봐. 어쩌면 네가 하고자 하는 일이 그곳에서 이루어질 수도 있지. 호신이 준 기회라고 생각해라."

"호신……."

풍옥빈의 마지막 말이 황보강의 가슴을 뛰게 했다.

그놈과 대면했던 때가 생생하게 떠올라 머릿속에 가득해졌고, 눈앞에 그놈의 끔찍한 얼굴이 커다랗게 다가왔다.

잠시 생각하던 황보강이 대공에게 말했다.

"진 노인에게 더 이상 이런 일을 시키지 않았으면 좋겠습니다."

"쉽지."

대공이 크게 고개를 끄덕였다.

"이제부터 호명촌의 감농은 진 노인이 한다. 그에게 매월은 석 냥의 급료를 지급하고 조세도 면해준다."

대공의 말에 집사가 연신 머리를 조아리며 명을 받았다.

대공이 이만하면 만족했느냐는 듯 황보강을 보고 빙긋 웃었다.

감농인(監農人)이 되면 일을 하지 않아도 된다. 호명촌에 딸려 있는 전답의 일체를 관장하는 자리이니 촌장보다 훨씬 높다.

진 노인이 어리둥절해서 눈을 끔뻑였고, 황보강은 비로소 마음을 놓았다.

진 노인이나 소망도 안도하는 눈치였다. 우선 이제부터는 대공의 관리들에게 시달림을 당하지 않을 테니 그렇고, 다음으로는 황보강이 멀리 떠나는 게 아니라 성에 있게 될 테니 그렇다. 마음만 먹는다면 언제든지 만나볼 수 있을 것 아닌가.

황보강이 금화가 가득 들어 있는 함을 진 노인에게 건네주었다.

"이 사람······."

"아무 말 마십시오. 조금이나마 신세를 갚게 된 것 같아서 지금 제 마음은 어느 때보다 홀가분하니까요."

손사래 치는 진 노인에게 함을 떠맡긴 황보강이 진 부인과 소망에게 작별의 인사를 했다.

소망은 제 어미의 등 뒤에 숨어서 얼굴도 내비치지 않았다. 훌쩍거리는 소리만 들릴 뿐이다.

서운해도 할 수 없는 일이다.

"갑시다."

황보강이 땀에 젖어 후줄근해진 옷차림 그대로 나섰다.

"말!"

대공이 소리쳤고, 병사 한 명이 재빨리 제 말을 끌고 달려와 황보강에게 고삐를 내밀었다.

'이제 또 다른 세상으로 간다.'

말 잔등 위에서 흔들리며 황보강은 제 앞에 또 하나의 문이 열리고 있다는 걸 느꼈다.

그 안에 무엇이 있는지, 어떤 일들이 기다리고 있을지 모르지만 두렵지는 않았다.

풍옥빈의 말처럼 적송망의 성에서 무언가 변화가 있었으면 좋겠다는 바람을 가지고 그는 지난 몇 달 동안 낯익고 정들었던 호명촌에서 점점 멀어져 갔다.

第三章

강호(江湖)

1 악몽을 아는 또 한 사람

적송망의 성으로 옮겨온 지 어느새 한 달이 지났다.

황보강은 가장 좋은 대우를 받고 있었다.

정원이 딸린 넓은 별채를 혼자 쓰고, 시녀와 시종들이 종일 수발을 들었다.

좋은 옷을 입고, 하는 일 없이 소일하지만 때가 되면 가장 좋은 음식과 술을 먹고 마실 수 있었다.

한 달 급료라며 대공이 서른 냥의 은자를 보내왔다. 황보강은 그것을 받기가 영 께름칙했다.

아무것도 한 일 없이 밥만 축내고 있었으니 그렇다.

열흘 만에 찾아온 풍옥빈에게 그런 제 마음을 털어놓자 그가 빙긋 웃었다.

"받아둬. 언제든 돈은 필요한 거니까. 또 아나? 많이 써야
할 때가 올지도."

무슨 의도로 그런 말을 하는지 모르겠다.

그가 말할 때마다 가슴이 찔리는 느낌을 받게 되니 그것도
께름칙했다. 음흉하게도 무언가 눈치를 채고 있는 것 같았기
때문이다.

풍옥빈은 대공에게 했던 말대로 황보강이 성에 들어온 날
홀로 천호천산으로 갔었다.

검법의 수련과 심신의 수양에 매진하기 위해서인데, 그렇
다고 그곳에만 머물러 있는 건 아니었다. 가끔씩 산에서 내려
와 성으로 돌아오기도 했던 것이다.

그러면 황보강에게 찾아와 하루나 이틀 머물며 이런저런
이야기들을 나누곤 했다.

이번에도 열흘 만에 다시 내려와 황보강을 찾아온 것인데,
눈빛이 많이 부드러워져 있었다. 그러나 황보강은 그를 처음
보았을 때의 인상을 머릿속에서 쉽게 지울 수 없었다. 차갑고
오만하며 자신감이 넘치는 강한 기운을 뿜어내지 않았던가.

"풍 형은 언제까지 이곳에 있을 작정이요?"

"걱정 마라. 그러잖아도 대공을 만나보러 갈 생각이니까."

"아니, 내 말은 대체 언제까지 천호천산에 머물러 있을 건

가 하는 것이라오."

"왜? 그게 궁금한가?"

"풍 형은 그전에도 충분히 무서운 고수였는데, 산에 들어
가 있던 지난 한 달여 동안 더 무서운 고수가 된 것 같으니 그
렇지요. 이제는 무언가 세상을 위해서 할 일을 해도 되지 않
겠소?"

풍옥빈이 빙긋 웃었다.

"나는 아무리 고심하고 연구해도 너의 검법을 이길 방법을
찾을 수 없었다. 그런데 고수는 무슨."

"겸양이시오."

황보강의 말에 풍옥빈이 고개를 흔들었다.

"너의 검법은 생전 처음 보는 것이었고, 나로서는 꿈에서
도 이룰 수 없는 것이었다. 그걸 알고 인정할 수 있게 되었으
니 그것만으로도 내가 천호천산에 들어간 게 헛되지 않았던
거지."

풍옥빈은 확실히 그전과 달라져 있었다. 오만과 자부심의
성이 무너진 것이다.

누가 시켜서 그렇게 한 것도 아니고 그 스스로 그렇게 했다
는 데에 황보강은 진심으로 감탄하고 있었다.

"언젠가는 풍 형이야말로 천하제일인이라는 칭호를 듣게
될 것이오."

"쓸데없는 소리. 그건 그렇고, 궁금한 게 있다."

손사래를 친 풍옥빈이 넌지시 황보강을 바라보았다.

"무엇이오?"

"너의 그 검법 말이다. 대체 누구에게 배운 것이냐? 아니, 그 검법을 전해준 분이 누구지?"

"나운선인이시지요."

"억!"

황보강이 무심코 한 말에 그가 크게 놀랐다. 얼굴색마저 변한다.

"너는 지금 나운선인이라고 했느냐?"

"풍 형은 그분을 아시오?"

"알다마다. 검을 수련하고 궁극의 도를 바라보는 자들 중 누가 선인을 모르겠는가."

그 말을 할 때의 풍옥빈은 엄숙하고 진지했다. 장중하기까지 한 것이어서 이번에는 황보강이 놀라 그를 바라보았다.

"나운선인이야말로 도를 추구하는 자들이 바라보는 궁극의 목표이지. 산속에서 활선의 도를 닦거나, 한 자루 검을 통하여 그 안에서 도를 이루기 원하는 자들이라면 누구나 선인을 흠모한다. 선인과 같은 경지에 이르기를 꿈꾸지. 나운선인이야말로 육신을 가진 인간으로서 그것을 초월하여 도의 세계에 홀쩍 뛰어올랐고, 그것 자체가 된 유일한 분이기 때문이야. 네가 그분과 인연을 맺고 있다니 정말 부럽군."

황보강은 나운선인이 단지 신선의 도를 이루었기 때문에

민간에서 그처럼 우러러보는 줄 알고 있었다. 그러나 강호의
무사들도 모두 그를 우러러본다는 걸 알고는 조금은 어리둥
절해졌다.

"그렇다면 나운선인 또한 검법의 종사란 말이오?"

"그렇게 말하는 걸로는 부족하지. 선인은 검을 통해서도
이미 도의 경계를 넘어선 분이니 종사라던가 고인이라던가
하는 세속적인 말로 어찌 부를 수 있겠는가?"

그리고는 단호하게 말했다.

"그분은 살아 계신 검선이라고 해야 할 것이다."

그의 말을 듣고 황보강은 비로소 단조영의 검법이 그토록
신묘했던 이유에 대해서 알 수 있을 것 같았다.

그가 악몽들을 모두 베어 넘길 때에는 단지 그것이 환상 속
의 일이려니 여겼다. 그런데 이제는 단조영의 검법이 실제로
도 그와 같은 위력을 지녔을 것이라는 믿음이 생겼다.

황보강은 이 넓은 천하에서 단조영만큼 검법의 지고한 경
지에 오른 사람은 없을 것이라고 믿었다.

선인의 제자로서 속세를 떠나 있었으므로 세상이 그를 알
지 못할 뿐이다.

그 단조영이 몸 안으로 뛰어들어 왔다. 황보강은 그가 제
육체를 버리고 자신의 육체를 빌려 깃들었다는 걸 알고 있었
다.

그때의 일을 떠올린 황보강은 단조영이 아마도 강호에 나

오고 싶었던 모양이라고 생각했다. 그렇다면 그것도 나운선인의 지시에 의해서일 것이라고 짐작한다.

그가 다시 물었다.

"강호에는 풍 형과 같은 고수가 얼마나 있소?"

"그리 많지는 않을걸."

풍옥빈의 얼굴에 강한 자부심이 어렸다.

"북쪽 지방만 두고 말하자면 우선 담사헌이라는 자를 들수 있겠지. 그리고 그의 사질이자 최대의 적수라고 할 수 있는 당몽현이 있다. 오래된 사찰인 청목사에도 몇 명의 그만한 고수들이 있으나 그들은 좀체 강호에 나오는 일이 없으니 예외로 하지."

황보강이 머리를 갸웃거렸다.

"당몽현이라는 자는 어찌 제 사숙과 싸운단 말이오?"

"거기에는 그럴 만한 사정이 있다. 왜, 궁금한가?"

풍옥빈이 빙긋 웃었다. 황보강이 강호에 대해서 호기심을 갖는 게 즐거운 모양이었다.

"궁금하다면 내가 다 말해주지. 그러기 전에 너의 일을 먼저 말하는 게 순서일 것 같은데?"

"내 일이야 풍 형이 이미 알고 있는데 더 말할 게 뭐 있겠소이까?"

"단지 호명촌에 불쑥 찾아 들어온 방랑자에게도 과거가 있겠지?"

"그건……."

"너는 나운선인의 검법을 물려받아 그토록 무서운 솜씨를 지니고 있으면서도 한 번도 강호에 나온 적이 없다. 그렇지?"

"그렇소."

"그렇다고 평범한 촌부로 살아온 사람도 아니다."

황보강이 고개를 끄덕였다.

"그렇다면 네가 있던 곳은 한곳뿐이지."

"……."

"군문."

풍옥빈이 단정하듯 말하고 황보강을 지그시 바라보았다.

"그것도 많은 병사들의 생사를 좌우하는 높은 자리에 있었을 것이다. 장군이었겠지. 너의 행동과 말에는 은연중에 사람을 주눅 들게 하는 위압적인 힘이 있거든. 내 말이 틀리지 않을걸. 너의 나이에 벌써 그만한 위치에 올라섰다는 건 놀라운 일이지. 네 이름도 귀호가 아니지?"

그의 정확한 추측에 놀란 듯 잠시 침묵하던 황보강이 정색을 했다.

"부정하지 않지요. 소생의 본래 이름은 황보강입니다. 그 밖에는 말씀드릴 수 없으니 더 이상 묻지 않았으면 좋겠소이다."

말투마저 조금 전과 확연히 달라졌다. 조금은 거만하고 도도했으며, 애써 거리를 두려는 듯 퉁명스럽기도 했었는데 이제는 풍옥빈을 공경하는 기색이 역력했다.

"좋아, 황보강이었군."

풍옥빈이 만족한 듯 고개를 끄덕이며 웃었다.

"네가 망해 버린 청오랑국의 유장이라고 해도 상관없다. 강호에서는 과거를 따지지 않으니까."

그는 마치 황보강이 강호의 무사가 된 것처럼 말했다. 그래서 황보강은 그 새로운 세계에 대해 생각하지 않을 수 없었다.

'그곳에는 대체 어떤 부류의 인간들이 있을까? 그곳에서의 싸움도 전장만큼 치열하고 처절한 것일까? 그렇다면 그들은 무엇 때문에 싸우는 걸까?

전장에 나선 병사들은 나라의 흥망을 걸고 싸운다. 하지만 강호의 싸움이야 그럴 리가 없다. 그들은 고작 각자의 이익을 위해 싸울 것이다.

황보강은 그것이 작은 싸움이라고 생각했다. 그런 것 때문에 서로 죽이고 죽는 것이라면 그들의 어리석음을 비웃지 않을 수 없다.

"그런데 너는 무엇 때문에 쫓기고 있는 거지? 대체 어떤 자가 너를 곤란하게 할 수 있는지 나는 그게 궁금하다."

황보강만 한 실력자가 도망 다니고 있다는 걸 풍옥빈으로서는 이해하기 어려웠다. 오히려 누구나 그의 검을 두려워하고 그를 피해 달아나야 옳은 일 아닌가.

황보강이 한숨부터 쉬었다.

"말해도 풍 형은 믿지 못할 것입니다."

"너의 말이 진실이라면 믿지 않을 수 없을 것이다."

"풍 형은 악몽이라는 존재를 아십니까?"

"악몽이라고?"

풍옥빈의 낯빛이 변했다. 무서워진다.

황보강이 자조적인 웃음을 흘렸다.

"터무니없는 얘기지요. 죽여도 죽지 않는 자들이 있다는
게 말입니다. 내 뒤를 쫓고 있는 놈들은 바로 그놈들이랍니
다. 이게 믿어집니까?"

"너는 악몽들에게 쫓기고 있단 말이냐?"

풍옥빈이 정색을 하고 확인하듯 물었다. 황보강이 고개를
가로저었다.

"쫓는다는 건 그놈들 생각이지요. 나는 그놈들을 피해 도
망가는 게 아닙니다."

"어쨌든 그놈들이 너를 찾고 있다는 것 아니냐?"

"그렇습니다. 그런데 이상하군요. 풍 형은 그놈들을 아는
것처럼 말하고 있지 않습니까?"

"알지."

"엇!"

황보강이 깜짝 놀랐다.

"정말 그들을 안단 말입니까?"

"도를 수련하여 관문에 이른 자들은 누구나 그것을 안다. 그놈들이 무서운 모습으로 달려드는 경험을 하게 되는 거야. 네가 악몽이라고 부르는 그것들을 강호의 고수들은 심마라고 부르기도 한다. 수련하는 중에 반드시 마주치게 되는 끔찍한 시련이거든. 그건 신선의 도를 추구하는 도사들이나 불도를 닦는 중들이나 다를 것 없어. 일정한 경지를 뛰어넘을 때가 되면 반드시 그놈들이 찾아온다."

"그것과 내가 말한 악몽과 같단 말입니까? 어떻게 단정할 수 있지요?"

"나도 그놈들과 목숨을 걸고 싸운 적이 있으니까. 그래서 그놈들이 바로 내 마음속에 깃들어 있는 두려움과 공포와 온갖 어둠을 먹고사는 괴물들이라는 걸 잘 알지."

"그렇다면 풍 형은 그놈들을 물리치고 당신이 말한 그 관문을 통과했단 말이군요?"

"그렇다. 하지만 그때를 생각하면 지금도 두렵다. 끔찍한 경험이었거든."

황보강은 그가 말하는 심마(心魔)라는 것도 암흑존자가 만들어낸 악몽들의 또 다른 모습일 것이라고 짐작했다. 그렇다면 암흑존자의 힘이 미치지 않는 곳은 없을 것이다.

마음이 무거워졌다.

풍옥빈이 분위기를 바꾸려는 듯 화제를 돌렸다.

"좋아, 이제 네가 궁금해하는 그들 두 사람에 대한 이야기를 해주지. 아마 내 생각이 틀리지 않았다면 너는 조만간 그들을 만나볼 수 있게 될 것이다."

"어떻게?"

"그들이 이리로 올 테니까."

황보강은 풍옥빈의 말을 이해할 수 없었다. 마치 그들과 약속이라도 한 것처럼 단정하지 않는가.

황보강의 마음을 읽은 풍옥빈이 빙긋 웃었다.

"천기가 그렇게 가르쳐 주고 있어. 내가 잘못 읽지 않았다면 그들은 조만간 이곳에 올 것이다. 그게 기회가 될지 해가 될지는 너의 그릇에 달려 있는 일이겠지."

풍옥빈의 말은 여전히 알쏭달쏭해서 이해하기 힘들었다. 황보강이 한숨을 쉬고 재촉했다.

"어서 그들 담사헌과 당몽현이라는 자들의 이야기나 해주십시오."

2 백헌(白櫶) 담사헌(談思憲)

담사헌(談思憲)은 강주(江州) 음송현(音松縣) 태생이다. 자를 풍곡(風谷)이라 하고 호를 백헌(白櫶)이라고 했는데, 어려서부터 총명하기 짝이 없어서 집안 어른들의 사랑을 받았다.

그는 나이 열다섯 살이 될 때까지 오로지 학문에 매진하여 큰 성취를 이루었다. 그 나이에 초시와 향시에 급제하고 조당(朝堂)에서 진사의 패를 받았으니 신동이라는 말을 듣기에 부족함이 없었다.

신성대제 청하겸이 황제로 즉위하던 해인 계명(界明) 원년 춘사월. 그의 나이 열여섯 살이었을 때 서쪽에서 발호하여 나라를 어지럽게 하던 큰 도적의 무리가 음송현에까지 쳐들어온 적이 있었다.

현성의 관병들을 쥐 잡듯이 잡아 죽이더니 드디어 성을 허물고 백성들을 약탈하기 시작했다. 그 와중에서 담사헌의 부모형제와 일가 피붙이들이 몰살을 당하는 참극이 벌어졌다.

마루 밑에 숨어 겁에 질려 떨면서 그 광경을 낱낱이 지켜본 담사헌은 그 후부터 사람이 달라졌다.

넋이 나간 것처럼 하루 종일 멍하니 불타 버린 집 앞에 앉아 있기를 열흘. 그는 어린 나이에 너무 상심한 나머지 굶어 죽기로 작정한 것 같았다.

열사흘이 지났을 때 그가 비로소 자리를 털고 일어섰다. 초췌해진 몰골이었지만 눈빛은 그 어느 때보다 번쩍였다.

"글이 무슨 소용인가? 글로써는 내 가족을 지킬 수 없었다. 백 권의 경서를 읽었고, 만 개의 문장을 외웠지만 도적의 칼을 물리칠 수 없었으니 무슨 소용이란 말인가. 다 쓸데없다, 쓸데없어."

하늘을 우러러 길게 탄식하더니 그 길로 고향을 떠나 다시는 나타나지 않았다.

그 후로 유리걸식하며 삼 년간 천하를 떠돌았는데, 오직 스승을 찾기 위해서였다. 그리고 양가산(陽嘉山) 육화봉(六華峰) 아래에서 드디어 한 사람을 만났다. 열아홉 살 때였다.

인연이 그곳으로 그를 이끈 건지, 가엾게 여긴 하늘이 도와준 건지, 아니면 운명이 원래 그렇게 되도록 정해져 있던 건지 알 수 없었다.

그 사람은 신선 같은 노인이었다. 평생을 양가산을 떠나본 적이 없고, 육화봉을 기둥 삼고 하늘을 지붕 삼아 오직 검의 도를 추구하고 수행해 온 도인이면서 검종이었다.

그는 스스로를 무명노인이라고 했는데, 세상 사람들은 그에 대해서 조금도 알고 있지 못하니 그 이름이 마땅할 것이다.

무명노인은 한눈에 소년 담사헌의 재질을 알아보았고, 담사헌은 한눈에 노인이 제가 찾던 바로 그 사람이라는 걸 알아보았다. 두 노소가 즉시 사제의 연을 맺은 건 조금도 이상할 게 없었다.

그로부터 이십 년 동안 담사헌은 오직 무공을 배우고 익혔을 뿐이다. 사부가 설파하는 도에 대해서는 관심이 없었다.

무명노인은 그걸 한탄했지만 담사헌의 천부적인 재질에 대해서만은 감탄에 감탄을 거듭하지 않을 수 없었다.

그보다 십 년 앞서 거두어들였던 제자 곡월(谷月)보다도 오히려 성취가 빨랐던 것이다.

스물두 해가 지난 을축년 갑자월에 무명노인이 육탈하여 입선(入仙)했다. 담사헌이 마흔한 살의 장년이었을 때의 일이다.

석 달 동안의 추모 기간이 끝나자 담사헌은 사형에게 사문의 보물을 나누어 달라고 했다. 그것을 가지고 하산할 작정이었던 것이다. 그러나 사형 곡월은 담사헌의 요청을 받아들이지 않았다.

"사문의 보물은 사부님께서 생전에 깊이 감추어두어서 아무도 알지 못하려니와, 안다고 해도 천기가 이르기 전에는 결코 세상에 나올 수 없는 것이다. 사부님의 유지이니 나 또한 마음대로 할 수 없다."

그 일로 담사헌은 사형과 크게 싸웠다.

지난 이십이 년 동안 사부의 엄격한 가르침 아래 흉성을 억눌러두고 있었는데 사부가 육탈하고 나자 그것이 터져 나온 것이다. 그러자 더 이상 그의 흉성을 제어할 수 있는 사람이 없었다.

곡월은 부상을 입고 그를 피해 달아났다.

깊은 골짜기 바위틈에 숨어서 그는 사문의 명예를 생각했을 것이다. 담사헌이 저대로 세상에 나간다면 사부가 그동안 가르쳐 온 도성(道性)은 훼손되고 세상의 비난을 받을 게 틀림없다.

곡월은 사문의 명예를 지키기 위해서 반드시 담사헌을 제

압해야 한다는 걸 절실히 느꼈지만 제 힘으로는 그럴 수 없다는 게 원통했다.

피눈물을 뿌리며 더 깊은 산속으로 숨어든 그는 그 후 다시는 세상에 나오지 않았다.

육화봉을 내려왔을 때 담사헌은 전혀 다른 사람이 되어 있었다.

이십이 년 전 사부의 손에 이끌려 산으로 오르던 열아홉 살의 청년은 간데없고, 원한과 복수심으로 악귀처럼 변해 버린 중년의 대흉수가 산 아래 우뚝 서 있었을 뿐이다.

그가 제일 먼저 한 일은 그때 음송현에 쳐들어왔던 도적의 무리를 찾는 것이었다.

십 년 동안 강호를 떠돌면서 그는 삼백 명이나 되는 도적의 무리들을 끈질기게 찾아다녔다.

일천 명이 넘었던 도적들은 그동안 신성대제의 병사들에게 쫓겨 칠백 명이 죽고 나머지가 살아 뿔뿔이 흩어져 있었다.

개중에는 새로이 산채를 틀고 무리를 모아 세력을 키운 자도 있었고, 더러는 개과천선하여 가정을 이루고 단란하게 사는 자도 있었으며, 더러는 속죄하기 위해 머리를 깎고 중이 되어 열심히 아미타불을 부르거나 전비를 감추고 관직에 나가 있는 자들도 있었다.

담사헌은 그들을 하나씩 찾아냈다. 그리고 모두 죽였다. 가족이 보는 앞에서 아비를 죽이고, 산문에 쳐들어가 악귀처럼 피를 뿌렸으며, 아문(衙門)을 부수고 난입해 목을 쳐서 들고 나오는 일을 서슴지 않았다.

아무도 그를 막지 못했다. 막을 수 없었다. 그렇게 삼 년이 지났을 때 담사헌은 혈귀검마(血鬼劍魔)라는 아름답지 못한 이름으로 불리게 되었다.

그리고 칠 년이 더 지났을 때 그는 천하무적의 검객이자 가장 끔찍한 마귀가 되었다.

그가 있는 곳에서는 반드시 피가 뿌려졌으므로 아무도 그와 가까이 하려고 하지 않았다. 그래서 담사헌은 외롭고 고독한 사람이 되었다.

그러나 그는 사람들이 저를 무어라고 부르든, 제 신세가 어떻든 상관하지 않고 더욱 높고 패도적인 검공을 익히기 위하여 매진했다.

그렇게 삼 년이 더 지났다.

돌아가신 사부의 영령이 그런 그를 꾸짖은 건지, 어느 날 담사헌은 제가 창안해 낸 검법을 무리해서 수련하다가 주화입마에 빠지고 말았다.

제 마음속에 찾아온 심마와 죽을힘을 다해 싸워 가까스로 물리쳤지만 그 대가로 치유할 수 없는 병을 얻었던 것이다.

수면병이었다.

그는 잠을 잤다. 멀쩡하다가도 갑자기 의식을 잃고 깊은 잠에 떨어졌는데, 그러면 꼭 반 시진 동안 죽은 듯이 쓰러져 꼼짝하지 못한다.

그 잠이 언제 갑자기 저를 내팽개칠지 알 수가 없었다. 어떤 때는 몇 달 동안 아무 일도 없었고, 어떤 때는 하루에도 몇 차례씩 병이 도지곤 했던 것이다.

더 이상 강호에서 활동할 수가 없게 된 그는 어느 날 홀연히 모습을 감추었다. 그 후 어디에서도 그를 찾을 수가 없었다.

그러기를 벌써 십 년이 지났으므로 이제 세상에서는 그의 존재감이 흐려지고 있었다.

그런 끔찍하고 무정한 검귀가 있었다는 말만 전설처럼 떠돌았던 것이다.

그러던 그가 어느 날 갑자기 나타났다. 머리카락 허옇게 변한 육십한 살의 노인이 되어서.

한 사람 때문이었다. 그자가 제가 그토록 원했던 사문의 보물이 감추어진 곳을 찾아가고 있다는 소문을 들었던 것이다. 더욱이 그자는 사형 곡월의 제자라고 하지 않던가.

그렇다면 사형이 저를 죽이기 위해 내려 보낸 자일 것이라고 생각한 담사헌은 위험을 무릅쓰고 다시 강호에 나올 수밖에 없었다.

그자를 찾아 사문의 보물이 있는 곳을 알아내고, 사형과의 묵은 원한을 해결하기 위해서였다.

그의 표적이 된 '그자' 는 바로 당몽현이었다.

그는 서른 남짓한 청년이었다.

행색이 거칠고 남루하여 비웃음을 살 만했지만 그를 본 사람들은 아무도 그렇게 하지 못했다.

커다란 체구와 거친 용모에 안광이 이글거리는 부리부리한 눈이 당장 사람들을 압도했기 때문이다.

그는 패도적이었다.

어떤 일에 뛰어들어 싸움이 벌어지면 상대가 누가 되었든 무지막지한 힘과 단호함으로 쳐서 쓰러뜨렸다. 용서를 모르는 무뢰한. 그게 사람들이 그에게서 받은 느낌일 수밖에 없다.

그는 거칠었고, 형식과 틀에 구애받지 않았으며 두려움을 몰랐다. 그러므로 행동이 그렇듯이 말투 또한 거칠기 짝이 없었다. 그것만 두고 본다는 그는 영락없이 막되어 먹은 무뢰배의 전형이었다.

그러나 그는 고수였다.

팽성의 이름난 검객 주형이 그의 한주먹에 맞아 불구가 되었을 때부터 사람들은 그를 주목해 보았다. 그리고 삼불사의 다섯 괴승을 일검에 무찔러 버리자 다들 혀를 내둘렀다.

그로부터 얼마 후 홀로 괴모산의 산채를 들이쳐 이백 명이나 되는 흉악한 도적들을 모조리 때려죽이고 났을 때는 더 이상 그에 대하여 말하려 하지 않았다.

어쩌면 담사헌 이후 그를 대신할 광인 한 명이 또 나타난 건지도 모른다며 꺼림칙해했다.

그러다가 그가 담사헌과 같은 사문의 사람이라는 걸 알고는 경악을 금치 못했다.

대체 어떤 사문이기에 담사헌 한 명으로도 부족해 그와 같은 자를 또 내보낸 건지 의아하면서 저주스럽기도 했던 것이다.

그가 바로 당몽현(唐夢顯)이라는 자였다.

그를 이야기하려면 괴모산(怪帽山)의 혈겁을 이야기하지 않을 수 없다.

일 년 전의 일이다.

*　　　*　　　*

때는 춘삼월. 봄기운이 무르익어 갈 무렵이었다.

사부의 말을 단단히 가슴에 새겨두고 양가산 육화봉을 내려온 당몽현은 느릿느릿 북쪽을 향해 나아가고 있는 중이었다.

한 번도 본 적이 없는 유일한 사숙 담사헌에 대한 이야기는 그동안 사부에게서 충분히 들어 알고 있었다. 그러나 산을 내

려와 세상에 나오자 들려오는 그에 대한 말들은 훨씬 더 끔찍
하고 무서웠다. 그래서 당몽현은 그동안 제가 가져왔던 생각
들을 바꾸지 않을 수 없었다.

사부는 말했다.

"너의 성취라면 이제 담사헌을 상대할 수 있을 것이다. 그러나
그를 죽여 문호를 정리하기에는 아직 부족하다고 할 수 있지. 너
는 그를 만나면 피해야 한다. 먼저 사문의 보물을 손에 넣고 신공
을 더욱 연마하여 지금보다 반 단계쯤 더 높아진 후에 그를 찾아
라. 그러면 비로소 네 힘으로 그를 죽여 더럽혀진 사문의 문지방
을 깨끗이 할 수 있게 될 것이다. 내 말을 명심해라."

그 말을 들었을 때 당몽현은 사부가 지나치게 그를 두려워
한다고만 생각했다. 젊은 혈기와 패기가 하늘을 찌를 듯한 나
이였고, 또 그만한 실력도 갖추었다고 자부하는 그였던 것이
다.

그러나 세상에 나와서 담사헌에 대한 말들을 들었을 때는
달랐다. 처음에는 그의 무용담을 믿지 않았다. 과장하여 떠들
기 좋아하는 자들의 허풍이라고만 여겨 코웃음 쳤다.

하지만 여행의 거리가 길어지고 세상에 머무는 날들이 많
아질수록 그런 생각은 조금씩 바뀌어갈 수밖에 없었다.

담사헌을 기억하고 그의 행적을 이야기하는 자마다 한결

같이 아직도 그를 두려워하고 있었기 때문이다.

그래서 당몽현은 알지 못하는 사숙에 대한 호기심과 함께 호승심도 생겼다. 그리고 더욱 조심하고 신중해져야 한다는 경각심도 가졌다.

과연 사부님의 걱정이 노인네의 잔 근심만은 아니었다는 걸 인정할 수밖에 없었던 것이다.

어느덧 당몽현은 양가산 육화봉에서 북쪽으로 일천 리쯤 떨어진 궁벽한 산골짜기에 와 있었다. 초라한 집들이 산비탈에 드문드문 자리하고 있었는데, 오십여 호가 모여 사는 장가촌이라고 하는 화전민의 마을이었다.

이후 사람들의 입에서 끊임없이 오르내리게 된 괴모산의 긴 산자락 아래다.

3 당몽현(唐夢顯)이라는 사내

그 궁벽하고 궁색해 보이는 모습에 쓴 입맛을 다신 당몽현이 찾아든 곳은 그중에서도 제일 나아 보이는 집이었다.

그곳이 촌장의 집이라는 걸 안 건 잠시 후의 일이다.

그가 마을에 들어서자 여기저기에서 기웃거리는 눈길이 느껴졌다.

당몽현이 낯을 찌푸렸다. 이 벌건 대낮에 일들을 하지 않고 있는 것도 그러려니와, 모두 집 안에 들어앉아서 눈만 내놓고 훔쳐보는 게 영 수상쩍었던 것이다.

게으른 놈들이 사는 마을인 모양이라고 생각했다. 그러니 이렇게 궁벽한 꼴을 면치 못하는 것이리라. 그렇다면 괘씸한 것들 아닌가.

그렇게 투덜거리면서 그가 찾아든 집에도 역시 식구들이 모두 들어앉아 있었다.

문이랄 것도 없는 낡아빠진 대문은 활짝 열려 있었다. 무례하게도 문설주를 밟고 서서 큰 소리로 주인을 부르자 안에서 꾀죄죄한 늙은이가 잔뜩 겁먹은 얼굴로 나왔다.

"지나가던 길에 배가 고파 들렀소이다. 밥 한 그릇 주시오."

당몽현이 인사도 생략한 채 마치 제 밥을 맡겨놓기라도 한 듯이 말하자 늙은이가 조심스럽게 그를 바라보았다.

"그럼 산신이 아니시오?"

"산신이라니?"

"저 위 산채에서 내려오신 영웅이 아니시냐 그 말이외다."

"산채라니?"

"저기 보이는 저 높은 산이 귀모산인데 거기 산채가 있다오."

당몽현이 제가 생각하는 그런 사람이 아니라는 걸 안 늙은이가 한결 나아진 얼굴로 그렇게 말했다. 당몽현이 콧방귀를

꿰었다.

"흥, 그러니까, 그 산채에 산적 놈들이 살고 있는데, 그놈들이 산신이면서 영웅이라 이거지?"

"그건……."

"치우시오!"

당몽현이 벌컥 화를 냈다.

"대체 언제부터 산적 나부랭이가 영웅으로 불리게 되었소?"

"그건……."

"됐소. 그냥 밥이나 한 그릇 주시오."

당몽현이 투박한 손을 내둘렀다. 시시콜콜 알고 어쩌고 할 필요도 없으니 어서 제 배나 채워달라는 건데 그 언행이 당당함을 지나쳐 무례하기 짝이 없었다.

그러나 그의 큼직한 체구와 험상궂은 얼굴과 부리부리한 눈길에 잔뜩 겁을 먹은 늙은이는 아무 말도 하지 못했다. 속으로는 산적보다 더 산적같이 생긴 고약한 젊은 놈이라고 욕을 할지라도 그대로 입 밖에 내놓지는 못했다.

"이리 들어오시오. 쓴 나물에 조밥이라도 상관없다면 한 끼 공양을 못하겠소?"

"모래만 섞이지 않으면 괜찮으니 많이만 주시오."

당몽현이 제 집에 온 것처럼 성큼 들어서더니 마당 구석에 있는 낡은 식탁을 차지하고 앉았다.

"들어가시지 않고?"

"귀찮소. 한 그릇 후딱 먹고 갈 텐데 들어가고 말고 할 게 뭐 있소? 여기가 좋으니 신경 쓰지 마오."

머리를 내두르며 한숨을 쉰 늙은이가 느릿느릿 안으로 들어갔다. 그리고 이내 부엌에서 불을 피우고 나물 볶는 소리가 나더니 노파가 쟁반에 밥과 반찬을 담아 내왔다.

밥은 정말 데굴데굴 굴러다니는 누런 조밥이고, 반찬이라고는 나물 두 가지가 전부인 초라한 차림이었다. 그러나 당몽현은 개의치 않았다. 커다란 양푼에 가득 담아 내온 조밥에 눈이 갈 뿐이다. 세 사람은 족히 먹을 만한 양이었다.

고맙다거나 잘 먹겠다는 말도 없이 대뜸 젓가락과 양푼을 들고 퍽퍽 밥을 퍼 먹는다. 반찬이야 소금만 있어도 상관없을 것 같은 모습이었다.

노파가 다시 뜨거운 차가 담긴 주전자와 귀 떨어진 찻잔을 내왔다. 그리고 무언가 말을 하려다가 화들짝 놀라더니 그대로 안으로 달아났다.

웬일인가 하여 의아하게 노파를 바라보던 당몽현이 피식 웃고는 다시 퍽퍽 밥을 퍼 먹었다.

거친 인상의 장정들이 말을 몰아 마당으로 들어서고 있었다. 모두 다섯 놈이었는데, 활을 쥔 놈이 한 놈이고 나머지 네 놈은 각기 칼과 창을 들었으니 물어보지 않아도 알 수 있었다.

그놈들이 검고 누런 말에서 내리더니 당몽현을 바라보고 머리를 갸웃거렸다. 하지만 그뿐, 별로 신경 쓰는 것 같지 않았다. 마을의 장정 중 미처 보지 못했던 한 놈이거나, 이 집 늙은이를 찾아온 조카쯤 되는 모양이라고 여긴 건지도 모른다.

안에서 노인이 허둥지둥 달려나왔다. 다섯 놈은 거만하게 버티고 섰고, 노인이 연신 허리를 굽실거리며 절절맸다.

"다들 집구석에 처박혀 있겠지?"

"네, 네. 아무도 일하러 나가지 않았습지요."

"잘했어. 그럼 죄다 이리로 모이라고 해. 사내들만."

노인의 집 마당은 제법 널찍했다. 이삼십 명은 족히 모여 설 수 있다.

마을에서 여자와 아이, 노인을 뺀 나머지 사내들이라야 마흔 명을 넘지 못한다. 그나마 지금 남아 있는 자들은 스무 명도 채 되지 않았다. 그 사람들이 모두 모였을 때쯤 당몽현은 밥그릇을 다 비우고 느긋하게 차를 따라 마시고 있었다.

"너는 뭐야? 이리로 오지 못해?"

한 놈이 인상을 쓰며 윽박질렀다. 당몽현은 듣지 못한 것처럼 차를 마시고 먼 산을 바라보기만 했다.

마당 한쪽에 모여 서서 어깨를 웅크리고 겁먹은 눈을 이리저리 굴리던 사람들이 더욱 불안해했다. 당몽현을 바라보고 촌장을 바라보는데, 왜 아직 보내지 않았느냐고 원망하는 기색이 역력했다.

촌장으로서도 뜻밖의 일이었던지라 당황스럽고 난처하고 두렵기는 마찬가지였다. 그는 산적들이 저녁 무렵에 내려올 줄만 알았지 이처럼 대낮에 내려올 줄 몰랐던 것이다.

"내 말이 말 같지 않다는 거냐?"

기어이 화가 난 놈이 칼을 들어 가리키며 더욱 사납게 소리쳤다. 그러나 당몽현은 여전히 꿈쩍도 하지 않았다. 오히려 더 느긋하게 차를 마신다.

흥성이 폭발했는지 흐흐, 하고 낮게 웃은 놈이 성큼성큼 다가갔다.

번쩍이는 칼을 쥔 자가 살기를 풀풀 날리며 앞에 섰지만 당몽현은 모르고 있는 것 같았다.

그가 중얼거렸다.

"제기랄, 이게 어떻게 상관없는 일이란 말이냐? 세상에 공짜 밥이란 없다는 걸 너는 모른단 말이냐? 게다가 차까지 얻어 마셨잖아. 너도 잘 처먹었으면서 그런 말을 해?"

"뭐라고?"

산적 놈이 어리둥절해서 바라보았다. 저에게 하는 말이라고 여길 수밖에 없는데, 대체 저놈이 무슨 말을 하는지 이해할 수가 없다.

그러거나 말거나 당몽현은 여전히 중얼거리기만 했다.

"네가 그렇게 겁이 많으니까 사람들이 너를 비웃는 거다.

제기랄, 내가 언제 너에게 시킨 적이 있느냐? 너는 그저 주둥아리 닥치고 내 뒤에 가만히 서 있기만 해라."

"......?"

"아, 시끄럽다니까! 자꾸 귀찮게 잔소리할 거면 꺼져 버려! 더 이상 너를 데리고 다니지 않을 테다!'

당몽현이 버럭 소리를 쳤으므로, 그때까지도 어리둥절해서 그를 바라보고 섰던 산적 놈이 깜짝 놀랐다. 그러더니 이내 껄껄 웃었다.

"이게 이제 보니 미친놈이었구나? 쯧쯧, 허우대 멀쩡한 젊은 놈이 벌써 맛이 갔으니 안됐다."

슬그머니 칼을 내린다.

미친놈을 죽이면 삼 년 동안 재수가 없다지 않던가.

그래서 혀를 차고 돌아서려는데 당몽현이 다시 말했다.

"그 칼 좀 써야겠다."

"뭐라고?"

산적 놈이 돌아섰고, 벌떡 일어선 당몽현이 성큼 그에게 다가갔다.

"인생이 불쌍해서 놔두려고 했더니 이놈이 뒈지려고 환장을 했구나!'

산적 놈이 번쩍 발을 들어 당몽현의 가슴팍을 걷어찼다.

퍽!

떡메 내려친 것 같은 소리가 났지만 당몽현은 꿈쩍도 하지

않았다. 산적 놈이 오히려 제 힘을 이기지 못하고 벌렁 나자
빠졌다.

성큼 다가간 당몽현이 그놈의 칼 쥔 손목을 밟았다. 대번에
와지끈, 하고 뼈 부러지는 소리가 났다.

"끄아악!"

놈이 그 지독한 고통에 몸부림치며 비명을 질러댔다.

"시끄럽다."

당몽현이 한 발을 번쩍 들어 그놈의 얼굴을 짓밟아 버렸다.
썩은 호박을 밟아 짓이기는 것 같았다. 쫘지직, 하는 끔찍한
소리가 터져 나왔다.

얼굴의 형체가 사라져 버린 채 잠잠해진 놈의 손에서 칼을
뺏어 든 그가 돌아섰다.

그 끔찍하고 갑작스런 일에 다들 어안이 벙벙해서 바라보
기만 할 뿐, 지금 저희들의 눈앞에서 대체 무슨 일이 벌어진
건지 이해하지 못했다.

산적들에게 성큼성큼 다가간 당몽현이 눈을 부라리며 칼
을 들어 올렸을 때에야 정신을 차린 놈들이 악을 써댔다. 말
들도 놀라 투레질을 하며 뒷걸음질 친다.

"이런, 죽일 놈!"

"감히 귀모채의 어르신들에게 대항을 해?"

"채가를 죽이다니! 사지를 찢어서 짐승 밥으로 던져 주고
말 테다!"

각기 흉악하게 소리치며 도검과 창을 들어 일제히 당몽현을 치고 베고 찔러댔다.

"서걱!

기이한 소리가 허공에 스산하게 울렸고, 당몽현의 칼이 한 놈의 목을 날려 버렸다. 그리고 한 걸음 나아갈 때마다 여지없이 한 놈씩 쪼갰다.

"끄아악!"

어깨가 가슴에 이르기까지 비스듬히 쪼개진 놈이 찢어지는 비명을 터뜨리며 털썩 주저앉았다.

당몽현의 칼은 무심하게 떨어지고 베어갈 뿐이었다. 그 단호하고 힘찬 칼질 앞에서 일 합을 제대로 견디는 자가 없었다.

창을 찔렀던 자가 자루와 함께 팔이 잘려 떨어졌다.

활을 들었던 놈이 재빨리 화살을 먹이더니 힘껏 시위를 당겼다. 팅! 하는 소리와 함께 날아간 화살은, 지척에서도 당몽현을 맞추지 못했다. 그가 파리를 쫓듯이 아무렇게나 휘두른 손에 맞고 엉뚱한 곳으로 튕겨 나갔던 것이다. 그리고 번쩍이는 칼빛과 함께 그놈의 머리통이 쩍 벌어졌다.

산적들은 당몽현이 어떤 자인지 알기도 전에 모조리 황천길로 가버렸다.

"끄윽—"

마지막 놈이 가슴을 뚫고 들어와 등으로 빠져나온 칼을 붙잡고 비틀거리다가 풀썩 엎어졌다.

네 놈이 순식간에 목숨을 잃었는데, 그것도 가장 참혹한 모습으로 그렇게 되었다.

창을 휘둘렀던 놈만 한 팔이 잘린 채 살아남아서 바들바들 떨고 있었다. 당몽현이 툭툭 옷을 털더니 그놈에게 말했다.

"꺼져 버려. 가서 전해라. 내가 여기 있다고 말이다."

"다, 당신은?"

"나라고 하면 알 놈은 알고 모를 놈은 모를 것이다. 상관없으니까 어서 꺼져 버려."

그놈이 날뛰는 말 등에 가까스로 올라타더니 피를 철철 흘려가면서 뒤도 돌아보지 않고 달아났다. 당몽현이 손을 털며 껄껄 웃었다.

"봐라, 이놈아. 아무것도 아니잖아."

"뭐라고? 어허, 나한테는 이까짓 것쯤 식은 죽 먹기라니까 그러는구나."

"정말 끝까지 그렇게 잔소리를 해댈 거냐? 끄집어내서 목을 눌러 버릴 테다!"

저 혼자서 허공을 향해 소리치고 주먹을 휘둘러대기도 한다. 대체 누구와 말을 하고 있는 건지 모를 일이었다.

그 모든 광경을 다 지켜본 마을 사람들이 겁에 질려서 더욱 바들바들 떨었다.

미친 게 분명한 자인데, 흉성이 그토록 지독하고 힘 또한

무지막지하니 그렇다. 산적들에게 한 것처럼 언제 그가 자신
들에게도 끔찍한 짓을 할지 알 수 없지 않은가.

당몽현이 다시 산적의 칼 한 자루를 집어 들었다. 그걸 본
마을 사람들이 사색이 되어 어쩔 줄을 모른다. 그가 다가오자
다들 우르르 비켜섰다.

그들 앞을 성큼성큼 지나간 당몽현은 마을이 내려다보이
는 언덕 위로 올라갔다. 거기 마을 사람들이 수호목으로 여기
는 커다란 은행나무 한 그루가 있었다. 주위에 돌담을 둘렀는
데, 당몽현은 그 위에 걸터앉아 움직이지 않았다. 마을을 등
지고 저 멀리 우뚝 솟아 있는 괴모산을 무심하게 바라본다.

그런 그를 본 마을 사람들이 비로소 정신을 차리고 촌장을
다그쳐댔다. 그러나 촌장이 당몽현에 대하여 알 리가 없다.

4 미친 칼

그날 저물 무렵에 산에서 다시 한 떼의 산적들이 구르듯이
말을 몰아 달려 내려왔다. 모두 서른다섯 명이나 되는 험상궂
은 자들인데 하나같이 살기가 등등했다.

그때까지도 마을 사람들은 저희들이 살았다고 좋아하지
못한 채 집 안에 숨어 숨마저 죽이고 있었다.

이제 곧 저희들에게 닥칠 커다란 화를 두려워하며 간절히
천지신명께 빌 뿐, 스스로를 위하여 할 수 있는 일이 아무것

도 없었다.

화가 난 산적들에 의해 죽임을 당할 걸 두려워하면서도 집과 밭을 버리고 떠날 수 없는 건 여기밖에는 달리 발붙이고 살 데가 없는 까닭이었다. 그래서 그들은 하나같이 촌장을 원망했고, 천둥벌거숭이처럼 마을에 뛰어든 당몽현을 원망했다. 그가 일을 벌이지만 않았다면 비록 곡물을 빼앗기기는 하겠지만 목숨은 건질 수 있었기 때문이다. 그러면 다시 열심히 밭을 일구어 한 해 입에 풀칠할 양식은 얻을 수 있었을 텐데 이제는 그것도 힘들어졌다.

마을 사람들의 그런 마음을 아는지 모르는지 당몽현은 땅거미가 깔려오도록 은행나무 아래에서 꼼짝도 하지 않았다.

"이놈아, 내가 한 일은 내가 끝까지 책임을 진다니까 웬 잔소리가 그렇게 많으냐? 이제 그만 좀 해라."

"뭐라고? 그걸 지금 말이라고 하는 거냐? 내가 이대로 떠나버리면 그놈들이 마을 사람들을 죄다 쳐 죽일 것 아니겠느냐?"

"하긴, 네 말도 일리가 있다. 그놈들이야 마을 사람들의 목숨보다는 그들이 생산해 내는 곡물을 더 탐내는 놈들이니 죄다 죽일 리는 없겠지."

"아, 시끄러워! 마을의 저 무지렁이들이 산적 놈들의 농노가 되어서 살든지 말든지 그건 나하고 상관없는 일이란 말이다! 밥을 얻어먹었으니 값을 치를 뿐이야!"

"뭐? 정말 몰라서 그런 소리를 하는 거냐? 이제는 너하고 말싸움하는 것도 지겹다. 그냥 내 멋대로 할 테니까 그리 알아라."

당몽현은 돌담 위에 걸터앉아서 여전히 저 혼자 떠들어대고 있었다. 때로는 버럭 고함을 지르는 소리가 마을에까지 들렸다. 그러면 마을 사람들은 더욱 기가 막혀 제 가슴을 치며 소리없이 울기만 했다. 저렇게 단단히 미친놈의 손에 저희들의 목숨이 놓였으니 원통하기 짝이 없었던 것이다.

별들이 제 빛을 찾아가고 있을 무렵에 기어이 한 떼의 산적들이 들이닥쳤다.

그들이 제일 먼저 만난 사람은 언덕 위 은행나무 아래에서 기다리고 있던 당몽현이었다.

"있느냐? 지루해서 죽을 뻔했다. 게으른 놈들 같으니."

하얗게 눈을 흘긴 당몽현이 칼을 쥐고 벌떡 일어섰다. 그를 본 산적들이 함성을 지르며 일제히 말을 달려 언덕으로 올라왔다. 굶주린 들개 떼 같은 형상이었다.

당몽현이 그들 속으로 성큼 뛰어들었다.

한주먹으로 앞서 달려드는 말의 목을 후려치자 우두둑, 하고 목뼈 부러지는 소리가 났다.

말이 처절한 단말마를 터뜨리며 쓰러졌고, 당몽현은 나뒹구는 놈에게 힘껏 칼을 휘둘렀다. 제일 먼저 그의 칼을 받은 놈이 '으악!' 하는 참혹한 비명을 터뜨렸다. 그게 시작이었다.

씩씩거리는 거친 숨소리만 들릴 뿐 한마디의 기합성도, 고함 소리도 없이 휘두르는 그의 칼은 무지막지함이 무엇인지 여실히 보여주는 그런 것이었다. 조금의 자비도 없고 용서는 더더욱 없었다. 오직 핏발 선 눈빛이 향하는 곳을 따라 칼이 춤을 추듯이, 또는 뇌전이 꽂히듯이 떨어졌을 뿐이다. 그리고 그 앞에서 말이든 사람이든 살아나는 건 아무것도 없었다.

반달이 요요한 빛을 뿜어내기 시작할 무렵에 은행나무 언덕 위에 우뚝 서 있는 사람은 당몽현 혼자였다.

살기등등하여 달려 내려왔던 서른다섯 명의 산적 놈과 서른다섯 필의 말이 모두 참혹한 주검이 되어 여기저기에 널브러졌다.

언덕을 등지고 죽어 있는 놈들은 필사적으로 달아나다가 등에 칼을 맞고 그렇게 된 게 틀림없다.

당몽현은 달아나는 것조차 허락하지 않았으며, 비록 등 뒤에서라고 해도 거리낌없이 칼을 휘둘렀던 것이다.

무자비하다면 그보다 무자비할 수 없는 일이었다.

전장에서도 무기를 버리고 달아나는 자는 뒤쫓지 않는 법인데, 당몽현은 그런 인정이라고는 원래부터 없는 자인 게 틀림없었다.

다 죽였다. 이번에는 한 놈도 살려서 돌려보내지 않았다.

그동안 네 번이나 칼을 바꾸었고, 마지막 놈을 쪼개고 났을 때는 그 네 번째 칼도 톱처럼 변해 버린 뒤였다.

그것을 던져 버리고 돌아선 당몽현의 온몸은 피로 물들어 있었다.

지옥의 악귀가 현신한 것 같은 끔찍한 그의 모습에 마을 사람들은 혼백이 달아날 만큼 놀랐다.

자신들이 산신이라고 부르며 두려워하는 산적 서른다섯 명을 혼자서 다 죽여 버릴 수 있는 사람이 있으리라고는 상상해 본 적도 없다. 그래서 마을 사람들은 당몽현이 정말 지옥의 악귀가 현신한 거라고 믿었다.

터벅터벅 촌장의 집으로 돌아온 당몽현은 지친 기색도 없었다. 대충 손과 얼굴을 닦고 나더니 배가 고프다고 소리쳤다.

기겁을 한 촌장이 키우던 닭을 잡고 쌀독을 박박 긁어서 급히 흰 쌀밥을 지어 커다란 양푼에 가득 담아왔다.

당몽현이 고맙다는 말도 없이 퍽퍽 그것을 퍼 먹었는데, 아귀가 따로 없었다.

차마저 물마시듯이 벌컥벌컥 마시고 난 그가 커다랗게 트림을 하고 벌떡 일어섰다.

"저녁을 잘 얻어먹으니 또 밥값을 해야겠지. 기다리시오."

낮의 일과 조금 전의 일은 점심을 얻어먹은 대가로 한 모양이다. 촌장이 새파랗게 질린 얼굴로 두 손을 쌀쌀 내둘렀다.

"그만, 그만. 제발 이제는 그만두시오."

"늙은이도 이놈과 똑같군. 나를 믿지 못하시오?"

당몽현이 제 가슴을 탕탕 두드리며 하는 말이다.

"이 안에는 한 놈이 숨어 있는데 지독한 겁쟁이에다가 잔
소리꾼이지. 아주 성가신 놈이야. 당장 내쫓고 싶은데 이놈이
영 나가려고 하지 않는다오. 할 수만 있다면 내 손으로 가슴
을 쪼개서라도 그놈을 끄집어내 대가리를 잘근잘근 밟아주고
싶어."

더 잔소리를 하면 너부터 그렇게 해버리겠다는 듯 눈을 부
릅뜨고 바라보는 그 앞에서 촌장은 주먹으로 입을 틀어막을
수밖에 없었다.

"내가 기다리라면 기다리고 있는 거야. 무슨 말이 더 필요
해?"

아래위로 눈을 흘긴 당몽현이 허리띠를 단단히 동이더니
성큼 밖으로 나섰다.

날은 완전히 어두워져서 흐릿한 달빛 아래 겨우 십여 걸음
앞이 보일 뿐이었다. 그러나 당몽현은 부엉이 눈이라도 가진
자처럼 그 어둠을 헤치고 성큼성큼 산을 향해 나아갔다.

홀로 귀모산을 바라보고 마을을 벗어나는 그를 많은 눈이
지켜보았다.

그가 완전히 어둠 속으로 사라져 보이지 않게 되자 비로소
마을 사람들이 숨어 있던 집에서 나와 하나둘 은행나무 언덕
으로 올라왔다.

그들은 여기저기 참혹한 모습으로 널브러져 있는 주검들마저 이제는 두려워하지 않고 오직 당몽현이 사라진 어둠과 검은 하늘 아래 우뚝 솟아 있는 귀모산을 바라보기만 했다.

누군가가 알아들을 수 없는 말을 중얼거리며 합장을 하고 연신 머리를 조아렸다. 그러자 마을 사람들이 하나둘 그를 따라 하더니 이내 한 사람처럼 손을 비비고 머리를 조아려가며 중얼중얼 기도하기 시작했다.

그 소리가 점점 커져서 어둠을 온통 흔들어댔다. 귀모산 꼭대기까지 달려 올라갈 것 같다.

당몽현은 마을 사람들의 간절한 기도 소리에 떠밀리기라도 하는 것처럼 허청허청 귀모산을 올라갔다. 가파른 산비탈과 구불구불한 깊은 골짜기를 평지 걷듯이 한다.

장정이 땀 뻘뻘 흘리며 하루 동안 꼬박 걸어야 올라갈 수 있는 길을 그는 이웃집에 마실이라도 가는 것처럼 갔다.

그가 저만큼 산채의 불빛이 보이는 응신봉(應神峰) 아래에 이르렀을 때는 반달이 중천에서 한 뼘쯤 서쪽으로 기울어 있을 무렵이었다. 머지않아 새벽빛이 어슴푸레하게 찾아들리라.

거기에서 처음 매복을 만났다.

"웬 놈이냐? 어디서 오는 거야?"

어둠 속에서 불쑥 일어선 자가 위압적으로 소리쳤다. 사방에서 불쑥불쑥 다섯 놈이 일어선다.

그들은 당몽현이 자신들의 동료인지 낯선 자인지 언뜻 구분하지 못했다. 그의 행색이 그렇고, 이 깊은 밤에 홀로 산채로 올라오고 있으니 그렇다.

잠시 어리둥절했지만 이내 그가 자신들의 동료가 아니라는 걸 알아챘다. 앞을 가로막은 놈에게 성큼 다가선 당몽현이 한 주먹으로 그놈의 머리통을 부수어 버렸던 것이다. 그리고 칼을 빼앗아 들더니 돌아서면서 힘껏 그것을 뿌려 허공을 갈랐다.

씨잉, 하는 칼바람 소리 앞에서 두 놈이 맥없이 고꾸라졌다. '적이다!' 하고 소리칠 새도 없는 재빠른 칼질이었다. 나머지 두 놈도 '어? 어?' 하는 사이에 목을 잃고 가슴이 쪼개져 버렸다.

칼을 내던진 당몽현은 아무 일도 없었다는 것처럼 다시 부지런히 산채를 향하여 바위 비탈길을 걸어 올라갔다. 그리고 두 번째 매복을 만났다. 역시 다섯 놈이었고, 역시 비명을 지를 새도 없이 죽어 나자빠졌다.

응신봉은 거대한 암봉이었다. 나무 한 그루, 풀 한 포기 나지 않는 바윗덩어리다. 그 아래 목책이 있었다.

거대한 암봉을 뒤에 두고 가파르게 경사진 비탈길 위에 세워졌으니 귀모채는 천험의 요새라고 해도 부족함이 없을 것이다.

목책의 문은 굳게 닫혀 있었다.

"문 열어라!"

당몽현이 문을 쾅쾅 두드리며 소리쳤다. 제 집에 온 것처럼 거리낌이 없다.

횃불 이글거리는 망루에서 두 놈이 한가롭게 잡담을 하고 있다가 놀라서 내려다보았다.

"뭐야? 어디에서 오는 길이냐?"

머리를 길게 빼지만 깊은 어둠 속이라 잘 보이지 않는다.

횃불을 내밀어 비춰본 놈들이 고개를 갸웃거렸다. 행색으로 보아 산채에 기거하는 놈 같은데, 목소리는 낯설지 않은가.

"저 아래 장가촌에 갔던 놈인 모양인데?"

"그런데 왜 혼자서 올라온 거야?"

"연락할 일이 있나 보지."

두 놈이 서로 말을 주고받더니 문을 열어주라고 소리쳤다.

아래쪽에 매복하고 있던 자들로부터 아무런 경고도 받지 못했다는 건 그들을 무사히 지나왔다는 것 아니겠는가. 산채의 동료가 아니라면 그럴 리가 없다.

문이 열렸다.

당몽현은 제 집에 들어가듯이 성큼 산채 안으로 들어갔다. 그 안에 아직 일백오십 명이나 되는 산적 놈들이 있다는 걸 알지 못하는 건지도 모른다.

第四章

두 개의 광기(狂氣)

1 금검운보(金劍雲步) 유모량(劉慕良)

새벽녘에 마을 사람들은 저 멀리 귀모산 응신봉이 불타는 걸 보았다. 불길이 하늘을 붉게 물들여 그날 새벽은 귀모산에서부터 시작된 것 같았다.

그리고 오후 늦게 이십여 명의 사람이 돌아왔다. 인질로 산채에 끌려갔던 부녀자들과 장정들인데, 그곳에서 종살이를 하고 있다가 돌아온 것이다.

응신봉의 불길은 이제 사그라졌는지 검은 연기만 한 가닥 피어올라 푸른 하늘에 줄을 그은 듯이 누워 있었다.

돌아온 사람들은 하나같이 귀한 곡물과 말린 고기를 한 짐씩 지고 있었다.

"그가 말했어요. 금은보화는 가져가면 안 된다고. 그것들이 마을에 들어가면 분란이 생길 테니 산채와 함께 모두 불태워 버리겠다고 했어요."

"곡물은 가지고 갈 수 있는 만큼 가져가라고 해서 이렇게 이고 지고 왔답니다."

"그 사람은 떠났어요. 은공의 이름이라도 가르쳐 달라고 했더니 당몽현이라고 하더군요."

"산적들이요? 그 사람이 모두 죽였지요. 혼자서 그렇게 했답니다. 열한 명의 소두령은 물론 대두령도 그 사람의 칼 앞에서 맥도 못 추던 걸요? 짚으로 만든 허수아비들 같았어요."

돌아온 사람들이 제각각 시끄럽게 떠들어댔다. 흥분해서 손짓발짓까지 하며 당몽현의 무용담을 들려주는데, 마을 사람들은 입을 딱 벌린 채 멍하니 그들의 말을 듣기만 했다.

"천신이었던 게야. 우리를 불쌍히 여기서서 몸소 현신하셨던 게 틀림없어."

누군가의 중얼거림에 모두 조용해졌다.

그렇지 않고서야 어찌 사람의 힘으로 이백 명이나 되는 산적들을 모조리 죽여 버릴 수 있을 것인가. 그것도 혼자서 그렇게 했다.

천신이 아니고는 불가능한 일이라고 여길 만했다.

그날부터 은행나무 앞에는 당몽현의 이름을 새긴 목패가 세워졌고, 마을 사람들은 아침저녁으로 그를 위해 기도했다.

그 소식은 이내 세상 곳곳으로 퍼져 나갔다.

당몽현이 혼자서 귀모산의 산적들을 몰살시켰다는 말은 강호를 진동시켰고, 이제는 그의 이름 석 자를 모르는 사람이 없게 되었다.

당몽현은 귀모채의 혈겁으로 불리는 그 일 이후 누구보다 강호의 이목을 끄는 인물이 된 것이다.

그러면서 그에 대한 소문이 점점 더 구체적으로 사람들의 입에 오르내리기 시작했다.

그가 육화선인의 도맥을 이어받은 자라는 게 알려지자 사람들은 경악했다. 당장 혈귀검마로 불리던 담사헌을 떠올렸던 것이다. 그러자 끔찍한 악몽이 되살아났다.

그러나 입에서 입으로 은밀히 전해지는 또 다른 말을 들은 사람들은 군침을 삼키며 더욱 귀를 기울이기도 했다. 당몽현이 제 사문의 보물을 찾기 위해 강호에 나왔다니 그렇다.

육화선인이 숨겨두었다는 보물. 그것의 가치를 아는 자는 극히 적었다. 종사라고 불릴 만한 강호의 기인, 고수들 중 몇 명만이 그게 무엇인지 알고 있었던 것이다.

그건 두 자루의 검이었다. 보검 중의 보검이다.

검이되 철을 두드리고 담금질하여 만든 그런 게 아니기도 했다.

그건 용의 정강이뼈로 만든 검이었다. 세상에서 그와 같은 건 오직 용수신검(龍髓神劍)이라고 불리는 그 검밖에 없다.

금강석에 비견될 만큼 단단하고 면도날처럼 예리하며 스스로 주인을 택하는 영성(靈性)을 가졌다고 알려진 검.

　그러나 그것의 참된 가치는 다른 데에 있었다. 바로 일체의 사마(邪魔)를 물리치고 요괴를 참(斬)하는 신령한 기운이 그것이다.

　이 세상에서 그러한 효능을 가지고 있는 검은 오직 용수신검뿐이었다.

　원래 네 자루가 있었는데, 두 자루는 세상에서 사라졌고 두 자루가 남아 육화선인으로 불리는 육화봉의 무명노인에게 전해졌으나 그가 육탈한 후 그 행방이 묘연했다.

　그런데 당몽현이 그것을 찾으러 강호에 나왔다. 그건 그가 신검이 어디에 감추어져 있는지 알고 있다는 것 아니겠는가.

　그 소문은 암중에서 파란을 불러일으키기에 충분했다.

　　　*　　　　　*　　　　　*

　그가 찾아왔다.

　그가 찾아오면 유모량은 한없이 작고 초라해진다.

　동쪽의 절대자로 군림하고 있는 사람. 사람들이 검종이라고 불러주기를 아까워하지 않는 초절한 고수.

　그는 아무 도움도 없이 두 개의 손으로 한 성을 일으켜 세웠다.

용호보(龍虎堡)의 보주로서 흑물하(黑沕河) 동쪽의 패권을 갖고 동쪽 강호에 군림하고 있는 사람.

그게 금검운보(金劍雲步) 유모량(劉募良)에게 늘 따라붙는 수식어였다.

그의 이름이 거론되면 흑물하 동쪽의 무사들은 누구나 경건하게 옷깃을 여민다.

그 유모량이 초라한 늙은이의 모습으로 돌아와 있었다. 차가운 대전 바닥에 무릎을 꿇고 앉아 있다.

서너 개의 유등만 밝혀져 있는 대전은 음침한 어둠이 일렁이고 있었다.

유모량이 앉아 있어야 할 저 위의 높은 단 위에 지금은 삐쩍 마른 한 사람이 앉아 있었다. 어둠의 정령이기라도 한 것처럼 그의 주위를 음산한 그늘이 감싸고 있었는데, 아지랑이처럼 일렁거렸다.

단 아래에는 두 명의 무장이 석상처럼 버티고 서 있었다. 전장에 나가는 장수처럼 갑주를 단단히 동였고, 그 위에 전포를 둘렀다. 투구의 앞가리개를 내린 채 한 손으로 칼자루를 잡고 서 있는 기세가 웅장했다.

악몽의 열두 장군 중 두 명이었다. 어떤 자들인지는 스스로 밝히지 않는 한 알 수 없다.

그렇다면 단 위에 말없이 앉아 있는 사람은 암흑존자일 것이다. 그를 감싸고 일렁이는 어둠 때문에 얼굴을 알아볼 수 없지만 틀림없다.

유모량은 아직 한 번도 암흑존자의 얼굴을 본 적이 없었다. 그가 찾아왔을 때마다 늘 지금과 같은 상황이었던 것이다.

무겁고 지루한 침묵이 오랫동안 흐른 끝에 단 위의 암흑존자가 낮게 말했다.

"소문은 들었겠지?"

"그렇습니다."

유모량이 얼른 두 손을 짚고 고개를 조아렸다. 엎드려 절을 하는 것 같은 형상이다.

누가 그런 유모량의 모습을 상상이라도 할 수 있었겠는가. 만인의 존경과 두려움의 대상인 그가 이처럼 초라하게 꿇어앉아 있는 모습을 보았다면 세상이 뒤집어진 것처럼 놀랐을 것이다.

유모량의 지금과 같은 모습을 본 사람은 아직 아무도 없었다. 그의 처자식들도 보지 못했고, 그의 제자와 심복 문도 또한 마찬가지였다. 이 일은 암흑존자와 유모량만의 비밀이었던 것이다.

암흑존자가 다시 말했다.

"그렇다면 수단 방법을 가리지 말고 그것을 빼앗아 내게로 가져와라."

"명을 받듭니다."

"실수가 있어서는 안 된다. 물론 실패하는 것도 용서하지 않겠다."

"존명."

엎드려 있는 유모량의 이마에서 땀방울이 뚝뚝 떨어져 바닥을 적셨다. 터질 것 같은 긴장으로 숨을 쉬기 어려웠지만 그런 내색조차 하지 못했다.

"그 두 자루의 검을 가져온다면 너에게 상을 내리겠다."

"하오면……."

유모량이 비로소 극히 조심스럽게 고개를 들었다. 감히 암흑존자를 똑바로 바라보지는 못하고 그의 발치에서 시선을 멈춘다.

"네 목숨을 십 년 더 연장해 주지."

"아!"

유모량이 감격의 탄성을 터뜨리고 다시 이마를 차갑고 축축한 돌판에 박았다.

"일 년의 기한을 주겠다."

"그 안에 반드시 존자의 명을 수행하도록 하겠습니다."

"좋다. 매우 좋아."

팔걸이 두드리는 소리가 작게 울렸다. 암흑존자의 기분이 좋아진 모양이다.

한참 고개를 숙이고 있던 유모량이 얼굴을 들었을 때 그의 앞에는 아무도 없었다. 암흑존자와 그를 호위해 온 두 명의 장수가 기척도, 흔적도 없이 그림자가 사라지듯 그렇게 사라졌던 것이다.

길게 한숨을 쉰 유모량이 비로소 허리를 펴고 일어섰다. 다리가 저려오는지 잠깐 눈살을 찌푸렸다가 활짝 웃는다. 그러자 어둠 속에서 흰 이빨이 기괴하게 반짝였다.

"당몽현이란 말이지?"

그의 중얼거림이 음산하게 웅웅 울리며 대전 안을 떠돌았다.

용호보주 금검운보 유모량이 강호에 다시 나온다.

그 소식은 곧 동쪽 세상 구석구석에 퍼져 나갔다. 진동을 한다고 해도 과언이 아닐 만큼 커다란 울림이었고, 그만한 반향을 불러일으키는 소식이었다.

지난 십 년 동안 그는 용호보에서 한 발짝도 움직이지 않았는데 이번에 다시 나오는 것이다.

돌이켜 보면 그가 칩거한 것과 담사헌이 강호를 떠난 시기가 같았다. 그 일을 두고 사람들은 구구한 말들을 했지만 과연 그 두 사람 사이에 어떤 일이 있었는지 확실하게 아는 사람은 한 명도 없었다.

그리고 그의 강호행과 함께 담사헌 또한 강호로 나왔는데, 그 사실을 아는 사람은 극히 적었다. 담사헌이 자신의 존재를 감추려 했기 때문이고, 지난 십 년 동안 변해 버린 모습 탓이기도 했다.

그는 머리카락과 수염이 허옇게 쉰 노인이 되어 있었다. 하긴, 장년은 가고 어느덧 육십 한 살의 나이가 되었으니 변하지 않았다면 그게 이상하리라.

누가 보든 담사헌은 후덕하면서 근엄한 인상의 글방 선생이었다. 점잖고 의젓하면서 꼿꼿한 유생의 모습을 보여주고 있었던 것이다. 그러니 어디를 가든 그가 혈귀검마 담사헌이라는 걸 알아보는 사람이 없었다.

그는 늙은 노새를 타고 있었다. 한가롭게 다리를 건들거리며 복잡한 저자를 지나갔고, 칼 찬 무사들이 들끓는 객잔에 태연히 머물렀다.

유람을 나온 은퇴한 관리이거나 벗을 찾아가기 위해 집을 나선 부유한 유생쯤으로 보일 뿐, 그의 어느 구석에도 피와 죽음의 냄새에 절어 살았던 흔적은 남아 있지 않았다.

그는 지난 십 년 동안 오직 도에 매진해서 경계를 넘어선 것인지도 모른다. 아니면 광기와 흉성이 더욱 깊고 커져서 겉으로 드러나지 않는 단계에 이른 것이리라.

그는 늙은 노새의 등에 앉아 꼬박 보름을 한가롭게 길을 걸었다. 그리고 용호보에 도착했을 때는 보주 유모량이 강호행을 위한 채비를 하고 있을 무렵이었다.

웬 점잖은 선비가 찾아왔다는 말과 함께 철패당(鐵牌堂)에서 올린 배첩을 받아 든 유모량은 고개를 갸웃거렸다. 뜬금없이 점잖은 선비라니 그렇다. 그런 자가 저를 왜 찾아왔단 말인가. 게다가 배첩을 봉인한 것도 의아하다.

무심히 그것을 펼쳐 본 유모량이 '억!' 하고 외마디 비명을 터뜨렸다. 다섯 명의 제자와 세 아들이 모두 의아하게 바라보는 중에 안색이 창백하게 변하여 의자에서 벌떡 일어서더니, '그가 왔다!' 하고 소리쳤다. 그리고는 흰 수염을 부르르 떨며 쏜살같이 바깥으로 달려나갔다.

2 십 년 만의 재회

마주 앉은 두 사람은 두 시진이 지나도록 아무 말도 하지 않았다.

깊은 침묵 속에서 마음과 생각만으로 서로의 말을 하고 있는 건지도 모른다.

그들의 침묵이 깊어질수록, 마주 앉아 있는 시간이 길어질수록 넓고 웅장한 용호보에는 팽팽한 긴장이 깔렸다. 용호보 전체가 끝을 알 수 없는 침묵의 수렁 속으로 빠져든 것 같다.

담사헌이 들어온 즉시 보의 외부와 연결된 네 개의 문이 굳게 닫히고 일천여 명의 무사는 모두 옷을 단단히 여몄다. 병장기를 곁에 둔 채 긴장으로 숨을 죽이고 있다.

용호전에서는 여전히 침묵이 계속될 뿐이었다. 대체 그 안에서 두 사람이 무엇을 하고 있는지 알 수 없으므로 더욱 초조하고 불안하기만 한 시간이 물 흐르듯 지나갔다.

보주 유모량의 다섯 제자와 세 명의 아들은 용호전의 문 앞에서 대기하고 있었다. 만에 하나, 보주가 위태로워지기라도 하면 그 즉시 문을 부수고 난입할 작정인 것이다.

그들은 한 번도 혈귀검마 담사헌을 본 적이 없지만 그의 이름만은 익히 들어 알고 있었다.

우렛소리처럼, 종소리처럼 온 세상에 쾅쾅 울려대던 이름 아닌가.

늙은 노새를 타고 한가롭게 찾아온 노인이 그 담사헌이라는 걸 알았을 때 그래서 모두 기절할 듯 경악했고, 그다음에는 의아해서 고개를 갸웃거렸다. 단아하고 엄숙해 보이는 그의 모습 어디에서도 광기에 찬 사악함을 찾아볼 수 없었기 때문이다.

보주와 그 사이에 무슨 일이 있었고, 어떤 인연이 있는지는 아무도 모른다. 하지만 산악같이 무겁고 장중하던 보주가 놀란 아이처럼 달려와 담사헌과 대면하는 걸 보고는 숨이 멎을 듯이 긴장할 수밖에 없었다. 그를 바라보는 보주의 눈길이 무섭게 이글거리고 있었기 때문이다.

그건 증오이면서 적의였고, 안타까움과 두려움이기도 했다. 그리고 용호전으로 들어가 문을 닫더니 저렇게 오랫동안 침묵하고 있다.

문도들은 이런 일을 처음 겪는 터라 적지 않게 당황하고 있었다.

"대체 무슨 일이란 말인가?"

대제자 화영이 눈살을 찌푸리고 중얼거렸다. 무겁기가 보주 다음이라고 모두가 인정하는 그조차 참기 어려워진 것이다.

사람을 보내어 안에서 무슨 일이 벌어지고 있는지 알아오게 하고 싶은 마음이 굴뚝같았다. 하지만 그랬다가는 보주의 노여움을 살 게 뻔하다. 그러므로 꼼짝하지 못한 채 이렇게 마냥 긴장하여 기다리고 있어야 한다는 건 미칠 노릇이었다.

화영뿐만 아니라 모두의 정신력은 한계점에 이르렀다. 터뜨리지 않으면 이제 곧 지쳐 쓰러질 것이다.

그때 용호전 안에서는 작은 변화의 기운이 꿈틀대고 있었다. 유모량이 비로소 입을 열었던 것이다. 인내의 싸움에서 패한 것이라고 해도 무관하리라.

"네가 이렇게 나를 찾아온 이유가 무엇이냐?"

지그시 눈을 감고 앉아 있던 담사헌이 눈을 떠 그를 마주보며 빙긋 웃었다.

"보기 좋구려."

"뭐라고?"

"유 형이 아직 이처럼 건제하고, 용호보의 위용이 예전보다 더욱 대단해졌으니 말이외다."

"으음―"

유모량이 잔뜩 눈살을 찌푸리고 침음성을 흘렸다. 담사헌
의 말이 저를 비웃는 것인지 진심인지 알 수 없었기 때문이
다.

"그때의 원한 때문이라면 지금이라도 좋다. 언제든지 기회
를 주마."

"유 형, 이미 십 년이나 지난 일이오. 그동안 나는 많이 변
했다오. 어찌 그 작은 일을 아직까지 가슴속에 묻어두고 있겠
소?"

담사헌의 말이 뜻밖이었던지라 유모량이 놀란 눈으로 그
를 쏘아보았다.

"그렇다면 너는 정말 그때의 일을 모두 잊었단 말이냐?"

"그렇소."

"허―"

담사헌이 어떤 자인지 누구보다 잘 아는 그로서는 아무래
도 믿을 수 없는 말이었다.

그는 이십 년씩이나 원한을 잊지 않고 있다가 다시 십 년에
걸쳐 철저하고 무자비하게 복수를 했던 자 아니던가. 그 지독
한 집념과 무정함에 세상이 두려워 떨었다. 그런데 지금은 그
때의 일을 모두 잊었다고 말하고 있다.

세상에서는 모르고 있지만, 십 년 전에 유모량은 담사헌과

생사의 결투를 벌인 적이 있었다. 역시 원한 때문이었다.

그건 담사헌이 죽인 자들 가운데 유모량의 피붙이가 있었던 탓이었다. 하나뿐인 조카였다.

유모량은 제 조카가 과거 무슨 일을 했는지 알고 있었기 때문에 그를 두둔하고 싶지는 않았다. 하지만 담사헌이 그에게 한 짓에 대해서는 분노를 느끼지 않을 수 없었다.

젊었던 한때 철없는 호기와 혈기에 사로잡혀 산적의 무리와 어울려 악한 짓을 했지만 조카는 그 일 이후 개과천선하여 평범한 가정을 이루고 누구보다 선하게 살고 있었다. 꾸짖는 유모량에게 매달려 속죄하는 삶을 평생 살겠노라고 울면서 용서를 빌지 않았던가.

그런데 그 일 이후 삼십 년 가까이 지난 어느 날 담사헌이 불쑥 그를 찾아왔다. 그리고는 과거의 원한을 물어 그는 물론 가족까지도 무참하게 살해했다.

그자가 바로 마루 밑에 숨어 떨면서 지켜보고 있던 담사헌의 눈앞에서 어머니를 찔러 죽이고 누이를 겁탈한 자였던 것이다.

담사헌으로서는 그때의 일을 잊을 수 없었고, 그자의 얼굴을 잊을 수 없었다. 그래서 기어이 찾아내 똑같이 베풀어주었다.

그자의 눈앞에서 처자식들을 한 점의 연민도 없이 죽였던 것이다.

당시 제가 맛보았던 절망과 분노를 그에게 그대로 돌려준 것인데, 누가 봐도 담사헌의 그와 같은 복수는 지나친 짓이었다. 극악하고 잔인무도하다는 비판을 면할 수 없다.

그 일을 전해 들은 유모량은 머리카락이 곤두서도록 분노했다. 그 즉시 담사헌을 찾아 나섰고, 모압산 기슭에서 기어이 그를 만났다.

그때 담사헌은 수면병을 앓고 있었다. 제 힘으로 그것을 치유할 수 없자 강호를 떠나 은거하려는 길에 마지막 관문에 부딪쳤던 것이다.

분노한 유모량 앞에서 그는 싸움을 피할 수 없다는 걸 알았다.

아무 두려움이 없는 그였지만 그래도 이 넓은 천하에서 상대하기 꺼리는 사람이 세 명 있었다. 바로 용호보주 유모량이 그 한 명이고, 청목사(靑木寺)의 노승 도진 선사(道進禪師)가 또 한 명이다. 그리고 나머지 한 명은 천하를 구름처럼 떠도는 검객인데, 그가 바로 귀검(鬼劍)으로 불리는 풍옥빈이었다.

그는 몇 년 전부터 홀연히 강호에 나타나 풍파를 일으키며 무명을 날리더니, 지금은 이 시대의 절대적인 검종 중 한 명으로 꼽힐 만큼 대단한 명성을 얻고 있는 자였다.

하지만 그 풍옥빈은 종적이 신묘한 자인지라 좀체 마주칠 일이 없었다. 도진 선사 또한 청목사에서 한 걸음도 나오지 않으니 부딪칠 일이 없으나 유모량은 그렇지 않았다.

그는 강호의 출입이 잦았으므로 담사헌은 언제나 그의 행보에 신경을 곤두세우고 있었다.

부딪치고 싶지 않은 자, 그러나 이렇게 기를 쓰고 찾아온 유모량을 끝까지 피해 다닐 수는 없었다.

마주친 즉시 두 사람은 곧 상대가 제 생각보다 훨씬 무서운 자라는 걸 느낄 수 있었다. 그래서 유모량은 함부로 검을 뽑을 수 없었고, 담사헌 또한 그랬다.

현재 강호에서 활동하고 있는 천하의 사대검종 중 두 사람이 마주 선 일은 세상을 떠들썩하게 할 만한 일대 사건이었다. 그러나 그 후의 일을 아는 사람은 아무도 없었다.

그때 그들은 그곳에서 반나절 동안 서로 노려보다가 검을 뽑아 벼락처럼 삼 합을 나누었다.

하늘이 무너지고 땅이 꺼지며 산이 갈라질 것처럼 무시무시한 격돌이었다.

패한 자는 목숨은 물론이려니와 육신마저 천 조각, 만 조각이 되어 흩어져 버릴 그런 검격이 오갔지만 승부를 가리지 못했다.

굳이 말한다면 유모량의 검이 담사옥의 그것보다 반 푼쯤 높았다고 할 수 있을 것이다.

세 차례의 검격을 주고받은 끝에 그것을 느낀 유모량의 가슴속에는 자신감 대신 서늘한 한기가 돌았다. 담사헌이 결코

자기보다 못하지 않다는 걸 알았기 때문이다.

그를 죽이려면 자신 또한 목숨을 잃을 각오를 해야 할 것이라는 생각은 망설임이 되어 손을 붙들었다.

유모량이 다시 검을 쳐내야 할지 말아야 할지 고민할 때 담사헌의 병이 갑자기 도졌다. 검을 쥔 채 그 자리에서 풀썩 쓰러지더니 꼼짝도 하지 않았던 것이다. 낮게 코마저 골며 깊은 잠에 떨어져 버린 그를 보면서 유모량은 기가 막혔다.

담사헌에게 그런 병이 있다는 풍문을 들었는데 막상 제 눈으로 확인하게 되자 너무 어이없고 당혹스럽기만 했다.

이래 가지고서야 어찌 강호에서 검을 들고 누구와 싸울 수 있을 것인가. 하찮은 건달 놈의 칼도 그를 죽일 수 있을 것이다.

유모량은 망설였다. 이때에 이놈을 죽여서 강호의 대살성 하나를 제거할 것인가 말 것인가를 결정하기가 쉽지 않았다.

그러나 유모량은 그를 죽이지 못했다. 그럴 수가 없었던 것이다. 그래서 기다렸는데, 반 시진이 지나자 담사헌이 툭툭 옷을 털고 일어났다. 언제 잠에 빠졌었느냐는 듯 태연한 모습이었다.

아직 제가 살아 있다는 걸 안 그가 검을 거두고 웃으며 말했다.

"이 담 모가 졌소. 유 형의 대협다운 풍모에 탄복한 바요. 검으로도 졌고 심력에서도 졌으니 더 무슨 말을 하리까. 유

형 마음대로 하시오. 살려주면 산으로 들어가 나오지 않으려니와, 이 자리에서 죽인다고 해도 기꺼이 받겠소이다."

태연하게 말하고 두 손을 늘어뜨리는 그를 보면서 유모량은 다시 갈등하지 않을 수 없었다. 패배를 자인하고 더 이상 싸우지 않으려는 자를 어찌 죽일 수 있을 것인가. 그렇게 한다면 그건 저 또한 담사헌과 마찬가지로 악랄하고 비열한 자가 되는 것 아니겠는가.

그런 생각은 유모량의 가슴속에서 투지와 살기를 모조리 날려 버렸다.

그가 검을 거두고 한탄과 함께 말했다.

"가라. 가서 다시는 세상에 나오지 마라. 만약 다시 나온다면 반드시 내 손으로 너를 죽여 해악의 뿌리를 뽑고 말 테다."

그때는 정말 담사헌과 함께 죽는 한이 있어도 그렇게 하고 말겠다는 결심이 대단했다.

그걸 느꼈는지 담사헌이 머리를 숙이고 정중하게 말했다.

"유 형의 마음에 진심으로 탄복했소. 이제 내가 세상에 더 있어야 할 이유가 없어졌으니 나는 떠나려니와 유 형은 부디 남아서 도를 이루기 바라겠소이다."

그리고는 뒤도 돌아보지 않고 허청허청 산속으로 걸어 들어갔다.

그게 그를 보는 처음이자 마지막일 줄 알았는데 십 년이 지난 지금 이렇게 다시 찾아왔으니 마음이 착잡하고 온갖 생각이 들끓지 않을 수 없다.

유모량은 그가 십 년 전의 일을 잊지 못하고 다시 싸우기 위해 찾아온 모양이라고 지레짐작했으나 담사헌에게는 그럴 마음이 없는 것 같았다.

"나는 유 형에게 한 가지 부탁할 게 있어서 왔다오."

"부탁이라고?"

"유 형도 나의 고질병을 알지 않소? 그것 때문이요."

"허—"

엉뚱한 말이다. 유모량이 비로소 긴장을 풀고 몸을 뒤로 물렸다. 담사헌이 백년지기를 만난 듯 태연하게 말했다.

"듣기로 유 형은 내 사문의 두 자루 보검을 얻기 위해 강호로 나간다고 하던데 과연 그렇소?"

"그건……"

유모량이 눈살을 찌푸렸다. 아차 하는 생각이 들었던 것이다. 담사헌의 갑작스런 등장에 당황하여 그가 육화선인 무명노의 문하라는 걸 그만 깜빡하고 있었던 것이다. 유모량의 눈길에 다시 긴장이 어렸다.

"보물에는 임자가 없는 법. 임자는 보물 스스로가 택하는 것 아니더냐? 그렇다면 내가 새 주인이 될 수도 있겠지."

담사헌이 가볍게 웃었다.

"유 형의 말에도 일리가 있소이다. 하지만 우선권은 역시

이 담 모에게 있다고 해야 하지 않겠소?"

"그렇다면 너도 그것을 손에 넣기 위해 다시 나온 것이로구나?"

"그렇소이다."

"그러나 당몽현이라는 자는 너의 사질이 아니냐? 네가 그와 보검을 두고 다툰다면 세상 사람들이 욕할 텐데?"

"그런 건 신경 쓰지 않소. 단지 나는 나의 이 고질병을 고치고자 할 뿐이라오."

"그 검으로 너의 병을 고칠 수 있단 말이냐?"

"그렇소. 내 병이라는 게 본래 심마에 의해 찾아왔고, 아직도 그 심마라는 놈이 내 안에 있는데 쫓아내지 못해 병을 안고 사는 것 아니겠소? 그 검의 효능이 사마의 기운을 제압하는 데에 있으니 당연히 그것으로 내 안의 심마를 죽일 수 있겠지."

"그렇다면 직접 그 아이를 찾아가 내놓으라고 하면 될 텐데 왜 굳이 나를 찾아왔지?"

"유 형에게 몸을 의지하고 싶어서라오."

"응?"

의외의 말에 유모량이 깜짝 놀랐다. 담사헌이 태연하게 말한다.

"이 병을 안고서는 마음 놓고 강호를 활보할 수 없지요. 그러니 유 형이 나를 보호해 주시오. 그러면 내가 검을 찾은 뒤에 사이좋게 한 자루씩 나누어 가지면 되지 않겠소?"

의외의 말에 유모량은 심각하게 고민했다. 이게 저에게 찾아온 기회인지 아니면 재앙 하나를 떠맡게 되는 건지 판단할 수가 없었던 것이다.

3 내가 해야 할 일이라는 것

당몽현은 흑물하에서 일백여 리 떨어진 북쪽 운대산 기슭을 어슬렁거리며 지나가고 있었다.

귀모산 응신봉의 혈겁을 일으킨 지도 어느덧 한 달이 되어 오고 있었다. 세상은 그 일로 떠들썩해졌지만 당몽현은 벌써 잊어버렸다.

"이놈아, 불길하기는 뭐가 불길해? 너는 대체 언제까지 그렇게 겁쟁이로 살 거냐?"

그는 여전히 혼자서 중얼거렸다. 산길을 가면서 한시도 쉬지 않고 중얼거린다.

"나와 함께 살려면 나를 닮으려는 노력을 조금이라도 해봐야 할 것 아니냐. 대체 언제까지 귀찮게만 할 거냐? 네 말을 듣고 있으면 짜증이 나고 화가 날 뿐, 도움 되는 게 하나도 없다."

"예감은 개뿔. 아가리 닥치고 있어라. 안 그러면 정말 가슴을 쪼개서 너를 끌어내고 말 테다."

"아, 시끄러워! 좋은 길을 놔두고 왜 저 험한 산을 넘어가자는 거냐? 나는 싫다!"

"뭐라고? 그 불길하다는 소리 좀 그만해라. 나는 네가 떠들어대면 그게 더 불길하고 불안하단 말이다."

답답하고 화가 나서 못 견디겠는지 제 가슴을 주먹으로 탕탕 두드려댄다.

"대체 언제부터 이놈이 내 안에 들어와 살았던 거지? 어떻게 해야 이놈을 내쫓을 수 있지? 왜 사부 늙은이는 그런 것에 대해서는 가르쳐 주지 않았담. 제기랄, 이번 일을 무사히 마치고 돌아가면 그 노인네에게 단단히 따져 봐야겠다."

투덜거리며 터벅터벅 산길을 가고 있는 그의 뒤로 두 명의 수상한 자가 따라붙고 있었다. 처음에는 한 명이던 것이 산모퉁이를 돌 때쯤에는 두 명이 되었고, 저 앞쪽 바위 아래에 다른 두 명이 또 있었다.

누가 보아도 수상한 자들이지만 당몽현은 그런 데에 조금도 관심이 없는 듯 터벅터벅 걷기만 했다. 의식하지 못하는 건지 모르는 척하는 건지 알 수 없었다.

그가 다가오자 바위 아래 있던 두 놈이 앞을 가로막았다.

"당신이 당몽현이요?"

불쑥 묻는 말에 당몽현이 알 수 없다는 듯 고개를 갸웃거렸다.

"나를 아느냐? 나는 너를 모르겠는데?"

그자가 피식 웃었다.

"당신에 대한 말이 천하를 진동하고 있는데 어찌 모르겠
소?"

"그래? 내가 뭘 했다고?"

당몽현이 다시 고개를 갸웃거렸다. 그러더니 갑자기 제 가
슴을 탕탕 두드리며 버럭 화를 낸다.

"아, 좀 가만히 있어봐, 이 빌어먹을 놈아! 지금 얘기하고
있는 중이잖아!"

그에게 말을 붙였던 사내가 어리둥절해서 바라보았다. 저
에게 한 말이 아닌 건 분명한데 그가 누구와 말하고 있는 건
지 알 수 없으니 당혹스럽다는 얼굴이다.

당몽현이 이제 되었다는 듯 벙긋 웃었다.

"그런데 너는 나를 어떻게 아는 거냐? 조금 전에 뭐라고 했
지?"

'이게 정신이 온전한 놈이 아니로구나.'

사내가 낯을 찌푸렸다.

"그건 나를 따라가 보면 절로 알게 될 것이요. 나와 함께
가보겠소?"

"어디로?"

"가보면 알 것이요."

"왜? 왜 내가 너를 따라가야 하느냐?"

"그분께서 당신을 보고 싶어하시거든."

"그분이 누군데? 내가 아는 사람이냐?"

"그것도 가보면 알게 될 것이요."

"쳇, 실없는 놈이로구나."

당몽현이 콧방귀를 뀌었다.

"나는 말이다, 이 넓은 천하에서 아는 사람이라고는 사부 늙은이밖에 없다. 그 외에는 알고 싶은 사람도 없어. 그러니 헛소리하지 말고 그분인지 그놈인지를 데리고 와라. 내가 보고 싶으면 제 발로 찾아오라고 해. 그런다고 내가 어디 한 군데 진득하니 앉아서 기다리고 있을 건 아니지만 말이다. 커흠."

크게 헛기침을 하더니 어깨를 우쭐거리며 지나갔다.

어떻게 보면 오만하기 짝이 없는 놈이고, 어떻게 보면 세상 물정 모르는 바보 같고, 또 다르게는 정신 줄 놓은 미친놈이 영락없다.

그래서 잠시 혼란스러워하던 장한이 버럭 소리쳤다.

"거기 서! 순순히 따라가지 않으면 강제로라도 끌고 가겠다!"

우뚝 선 당몽현이 천천히 돌아보더니 히죽 웃었다.

"강제로 말이지? 흐흐, 나는 누가 나에게 이래라저래라 하는 걸 아주 싫어한다. 이 세상에서 나를 귀찮게 하는 건 사부 늙은이 하나로 충분하고도 남아."

"허, 이건 당최 말이 통하지 않는 놈 아닌가."

장한이 어이없다는 얼굴로 다른 세 명을 돌아보았다. 그들 또한 어이없어하기는 마찬가지였다.

그들은 당몽현이라는 자에 대한 소문이 여간 잘못된 게 아니라고 생각했다.

소문만으로는 그가 천하제일의 고수라도 되는 것 같지 않던가. 그래서 꺼림칙한 마음도 가졌지만 이제는 아니었다. 정신 나간 촌놈이고 얼빠진 멍청이로밖에는 보이지 않았다.

대체 저런 놈이 어떻게 팽성의 고수 주형을 한주먹에 때려눕혔고, 흉악하기로 이름 높은 삼불사의 다섯 괴승을 일검에 무찔렀으며, 더욱이 괴모산의 이백 명이나 되는 산적들을 몰살시킬 수 있을 것인가.

이제는 가소롭고 웃기는 소리들로만 여겨질 뿐이었다.

역시 소문이란 건 하나도 믿을 게 못 된다는 마음이 지금 당몽현을 둘러싸고 있는 네 놈의 공통된 마음이었다.

이런 놈을 보주 유모량이 꺼려하고 있다니 우습다 못해 화가 났다.

"묶어라."

처음 나섰던 자가 매섭게 말했다. 그러자 두 놈이 앞뒤에서 당몽현에게 다가들었다. 당몽현은 눈을 멀뚱거리면서 그들을 바라보기만 할 뿐 움직이지 않았다.

한 놈의 손이 허리춤에 닿는 순간, 그의 눈에서 번쩍이는 사나운 빛이 뻗친 것 같았다.

"으악!"

그리고 그의 허리띠를 잡았던 놈이 새된 비명을 터뜨리며 풀썩 주저앉았다. 우지끈, 하고 뼈 부러지는 소리가 들린 것도 같았다.

당몽현이 언제 어떻게 움직였고, 무엇을 어떻게 했는지 제대로 본 자가 없었다.

주저앉았던 놈은 이제 데굴데굴 구르고 있었는데, 지독한 고통을 참지 못해 목청껏 비명을 질러대고 있었다.

남은 세 놈은 그자의 다리가 부러져 건들거리고, 팔이 뒤틀려 덜렁거리는 걸 보았다. 순식간의 일이었다.

저 혼자서 그렇게 되었을 리는 없으니 당몽현이 한 짓이 틀림없다.

"이놈이!"

눈매 찢어진 놈이 노성을 터뜨리며 검을 뽑아 후려쳤다. 발검과 격검이 동시에 이루어진 매끄럽고 쾌속한 솜씨였다.

날 선 검이 씨잉, 하고 눈 깜짝할 사이에 허공을 가로질러 당몽현의 어깨에 떨어졌다. 그리고 그놈은 눈앞에 와락 달라붙은 이글거리는 눈동자를 보아야 했다.

뿌드득!

팔목 뼈 부러지는 소리가 귓전에 천둥소리처럼 울렸다. 동시에 불에 달군 쇠꼬챙이로 찌르는 것 같은 고통이 온몸을 관통하며 치달렸다. 언제 그렇게 되었던 것인지 이해할 수 없었다.

"끄아악!"

그놈이 목청껏 비명을 터뜨렸다.

당몽현이 우악스런 손으로 그놈의 검을 쥔 손을 비틀어 꺾고 있었다. 다시 한 번 뿌드득, 하고 뼈가 뒤틀리는 소리가 났다.

"끄아악!"

그놈이 또 한 차례 숨넘어가는 비명을 터뜨렸을 때 당몽현의 이마가 놈의 얼굴 복판에 박혀 버렸다. 마치 커다란 바윗돌을 들어 내리찍은 것 같았다.

쾅!

요란한 소리와 함께 그놈은 검을 빼앗긴 채 뒤로 나가떨어졌는데, 얼굴의 형체가 사라지고 없었다. 그 지경이 되었으면서도 오히려 잠잠한 건 혼백이 육신을 떠났기 때문이다.

"기어이 해보겠다는 거지? 그렇다면 용서없다!"

이를 부드득 간 당몽현이 남은 두 놈에게 맹수처럼 달려들었다. 허공을 가르고 떨어지는 검이 부르릉, 하는 울림을 토해냈다.

그 맹렬하고 무지막지한 검격 앞에서 남은 두 놈은 허깨비나 다름없었다. 미처 검을 뽑아 대항해 보지도 못하고 쓰러진다.

넷이 왔다가 살아남은 자는 팔과 다리가 부러져 뒹굴고 있는 자 하나였다.

그자는 지나치게 놀라 고통마저도 잊은 듯 비명도 지르지 않고 그저 멍하니 당몽현을 바라보기만 했다.

검을 내던진 당몽현이 그자에게 말했다.

"가서 전해. 누구든 나를 보고 싶으면 몸소 찾아와야 한다고 말이다. 알았지?"

눈을 부라리자 그놈이 정신없이 고개를 끄덕였다.

피식 웃은 당몽현이 다시 느릿느릿 제 길을 가기 시작했다.

운이 좋아 살아남은 자는 방금 본 그 일을 여전히 믿을 수 없었다.

용호방의 사걸이라고 불리는 자신들이 이렇게 형편없던가 하는 자괴감마저 드는 걸 어쩔 수 없었다.

콧노래를 흥얼거리며 한가롭게 산길을 벗어난 당몽현은 한 성읍에 들어섰다.

산태현(山太縣)이라고 하는 곳인데, 과거 신성대제가 다스리던 청오랑국 시절에는 인근에서 가장 번화하고 아름다운 현이었다. 그러나 나라가 대황국에게 짓밟히고 난 후 지금은 어디를 가든지 전화(戰禍)의 흔적이 남아 있어서 을씨년스럽고 썰렁했다.

북쪽 변경에 가까운 현성이라 그런지 거리에는 민간의 백성들보다 대황국의 병사들이 더 많이 눈에 띄었다. 현성 밖에 대황국의 병사 삼만이 주둔하고 있으니 그럴 수밖에 없는 일이다.

당몽현에게는 상관없는 일이었다. 그의 관심은 세상에 있지 않았고, 대황국이든 망해 버린 청오랑국이든 그런 데에 있지 않았다.

그는 오직 사문의 보검을 찾아서 가지고 돌아가는 데에 목적이 있을 뿐이었다.

사부에게 그것을 주고 그 대신 사문의 적통을 인정받는 것만이 그가 해야 할 유일한 일인 것이다. 사부가 어렸을 때부터 지겹도록 심어준 명령이었다.

사부와 함께 산에 있을 때에는 그것이 제가 이 세상에 던져진 이유인 줄 알았다. 그러나 지금은 아니었다. 강호에 나와 돌아다닌 지난 석 달 동안 그의 생각은 다른 곳으로 향하게 되었던 것이다.

당몽현이 사부도 사문의 일도 아닌 자기 자신에 대한 관심을 갖게 된 것은 그의 안에 있는 '귀찮은 놈' 때문인지도 모른다. 그렇다면 그놈의 끊임없는 잔소리와 싸우는 동안 저도 모르게 그렇게 되었다고 해야 하리라.

하지만 저에 대한 관심의 정체가 무엇인지 아직 알 수 없어서 당황스러웠다.

대체 내 관심이 무엇인가? 나는 어떤 목적으로 이 세상에 던져진 것일까? 나를 만들어낸 신이라는 존재는 내가 무엇을 하기를 바라는 것일까?

당몽현은 그게 알고 싶었다. 그 신이 어디 있다고 누가 가르쳐 준다면 당장 달려가서 멱살을 쥐고 흔들며 물어보고 싶은 것이다.

"내가 뭘 하면 좋겠어?"

불쑥 제 안의 '그놈'에게 먼저 말을 걸었다. 그게 바로 자신의 유일하고 절대적인 관심이라는 걸 스스로에게 확인시켜 주듯이.

그리고 버럭 소리쳤다.

"닥쳐라, 빌어먹을 놈아! 그까짓 도를 이루어서 뭐 할 건데? 사부 늙은이를 보지 못했어? 평생 도를 이루겠다고 그 발광을 했지만 남은 건 후회와 이마의 주름살밖에 없잖아. 그런데 뭐? 나더러 그 길을 가라고?"

"이놈아, 씨알도 먹히지 않을 소리 그만하고 정말 말해보라니까? 내가 뭘 하면 좋을까? 아니, 뭘 할 수 있을까?"

"그만둬라, 이놈아. 너같이 꽉 막힌 놈에게 물어본 내가 바보지."

허공에 주먹을 휘두른 당몽현이 우뚝 멈추어 섰다.

저 앞에 오래되어 보이는 객잔 하나가 있었던 것이다. 을씨년스러운 거리에 어울리게 그것은 을씨년스럽기만 한 몰골로 찢어진 깃발을 펄럭이고 있었다.

늙은 창녀가 쭈글쭈글해진 얼굴에 서글픈 웃음을 띠고 붉은 휘장 앞에 서서 추파를 던지는 것 같다.

"배고프다."

중얼거린 당몽현이 코를 벌름거렸다.

4 무서운 추격자

아직 초저녁이었지만 객잔 안에는 드문드문 사람들이 자리를 차지하고 앉아 있었다. 상인으로 보이는 한 무리와 주민들로 보이는 두어 무리의 손님이다. 그들이 낮게 이야기하며 술을 마시고 있었다.

취객들의 고성으로 떠들썩해야 정상일 객잔이 마치 관아의 정청 안인 것처럼 조용했다.

두리번거린 당몽현은 곧 그 이유를 알았다. 다들 눈치를 보고 있었던 것이다.

남쪽 창가에 네 명의 무사가 앉아 있었다. 아니, 한 명의 점잖게 생긴 노인과 세 명의 푸른 무복을 입고 붉은 띠를 동인 장년의 무사들이다.

그들은 조용히 술을 마시고 음식을 집어먹고 있을 뿐이었지만 절제된 행동과 빈틈없어 보이는 단단한 분위기를 두르고 있었다. 제법 솜씨가 있는 자들이 틀림없다.

당몽현은 이곳에 있는 자들 모두가 바로 그들의 눈치를 보고 있다는 걸 알았다. 그러나 아랑곳하지 않는다.

그들을 일별한 그가 빈자리를 차지하고 앉아서 탁자를 탕탕 두드려가며 술과 고기를 소리쳐 주문했다.

이내 점소이가 달려와서 눈짓을 하며 조용히 하라는 시늉을 했지만 당몽현이 그 말을 들을 사람이 아니다.

"삶은 계란을 훔쳐 먹다가 목에 걸렸느냐? 왜 말을 못하고 벙어리 흉내를 내는 거냐?"

"손님."

점소이가 울상을 했다. 눈치코치없는 촌놈이라고 욕하고 있는지도 모를 일이다.

점소이가 당몽현의 귀에 입을 대고 빠르게 속삭였다.

"저쪽에 용호보의 어르신들이 와 있는 게 안 보이십니까? 그들은 시끄러운 걸 싫어한답니다."

"용호보?"

당몽현이 눈을 부릅떴다.

그도 용호보가 어떤 곳인지는 강호행을 하는 동안 귀가 따갑게 들어왔다. 흑물하 동쪽의 패자로 군림하고 있는 자들이다. 하지만 당몽현에게는 아무 상관 없는 일이었다.

"용호보가 뭐 어때서? 내 목청이 원래 이런 걸 어쩌란 말이냐? 한 번도 본 적이 없는 저 몇 놈 때문에 색시처럼 소곤거려야 한다는 말이냐? 치워라, 이놈아! 가서 제일 독한 술이나 한 단지 가져와! 안주는 고기라야 한다!"

여전히 탁자를 탕탕 두드려가며 말하는데 처음보다 더 커진 목청이라 고함을 질러대는 것과 다름없었다. 그들 세 명의 무사가 힐끔거리지만 눈을 부라려 줄 뿐이다.

점소이가 기어이 눈물을 뚝뚝 떨어뜨릴 것 같은 얼굴로 엉기적거리며 주방으로 갔고, 그 대신 두 명의 무사가 벌떡 일어나 다가왔다.

"뭐?"

당몽현이 여전히 눈을 부라린다. 그의 행색을 이리저리 훑어본 한 명이 말했다.

"귀하가 당가 성을 쓰는 형제요?"

"내 성이 당가인 건 맞지만 너희들의 형제는 아니다."

당몽현의 말투는 원래 그처럼 거칠고 걸걸했다. 예의나 격식을 차릴 줄 모르는 사람인 것이다. 하지만 그런 걸 알 리 없는 용호보의 무사는 사뭇 불쾌함을 느낄 수밖에 없었다.

그가 곧 터질 것 같은 화를 애써 눌러 참으며 여전히 조용조용하게 말했다.

"한 분이 당신을 만나보고 싶어 하시는데 우리와 동석하지 않겠소이까?"

"누가?"

말로는 묻지만 눈은 고요히 앉아 있는 노인을 바라보았다. 그리고 머리를 설레설레 흔들었다.

"귀찮다. 먼 길을 걸어왔더니 꼼짝도 하기 싫어. 나를 보고 싶으면 오라고 해라."

"뭐라고? 권주를 마다하고 기어이 벌주를 마시겠단 말이냐?"

성깔있어 보이는 사내가 기어이 벌컥 역정을 냈다. 그러나 당몽현은 여전했다. 느긋하고 뻣뻣하다.

"술이라면 권주든 벌주든 상관없이 마실 테다."

그러더니 마침 점소이가 가져온 독주 항아리를 받아 들고는 봉인을 뜯기 무섭게 벌컥벌컥 들이켰다. 독한 주향이 주청 안에 가득 퍼졌다.

"좋구나!"

깨뜨릴 듯이 술항아리를 내려놓고 이번에는 기름진 고기를 뜨거운 줄도 모르고 손으로 덥석덥석 집어먹었다. 젓가락 통이 옆에 있지만 거들떠보지도 않는다.

하는 행동이 거칠고 야만스럽기 짝이 없는 것이어서 이제는 주청에 있는 사람들이 모두 눈살을 찌푸리고 혀를 찼다.

"죽일 놈."

성깔있어 보이는 자가 낮고 짧게 외치더니 검 자루에 손을 댔다. 그러자 곁에 있던 자가 동료의 손을 누르고 눈짓을 했다.

그때까지 조용히 앉아 있기만 하던 노인이 일어서서 다가오고 있었던 것이다.

두 사람이 즉시 옆으로 물러서서 손을 모으고 공손하게 섰다. 노인을 몹시 두려워하고 공경하는 기색이 역력했다.

"앉아도 되겠느냐?"

말은 그렇게 했지만 노인은 당몽현의 대답 따위는 상관없다는 듯이 의자를 당겨 마주 앉고 있었다.

"한잔 드시겠소? 이 집 술 맛이 좋구려."

당몽현이 대뜸 술항아리를 내밀었다. 그것을 받아 든 노인이 역시 벌컥벌컥 몇 모금을 마시더니 다시 내민다.

늙고 젊은 두 사람은 아무 말도 없이 그렇게 술항아리만 주거니 받거니 했다.

한 독의 술이 금방 바닥이 났다.

"노인장의 주량이 꽤 세구만. 오랜만에 대작할 사람을 만났으니 밤새 한번 마셔봅시다. 아무래도 혼자 마시는 술보다야 둘이 어울려 마시면 더 흥이 나지 않겠소?"

당몽현이 자못 유쾌하다는 듯 손뼉을 치며 껄껄 웃었다.

노인은 처음과 다름없이 냉엄했다.

"그전에 먼저 할 말이 있을 텐데?"

"응?"

"나는 네 이름이 당몽현이라는 걸 안다. 육화봉에서 내려온 자라는 것도 알지. 네가 강호에서 행한 일도 모두 알고 있다."

"쳇, 당신은 할 일도 없는 늙은이인 모양이군."

심드렁하게 대꾸하는 당몽현의 말에 노인의 눈매가 더욱 차가워졌다.

"너는 내가 누구인지 알고 싶지 않으냐?"

"누구면 어떻소? 함께 술에 취하는 동안은 친구이지만 깨고 나면 뿔뿔이 제 갈 길로 갈 텐데 말이오. 모르고 사는 게 속 편하지."

"네 말이 옳다."

히죽 웃은 백발의 노인이 불쑥 손을 뻗어 당몽현의 어깨를 잡아갔다.

"억!"

크게 놀란 당몽현이 즉시 몸을 물리며 두툼한 손을 마주 뻗어 노인의 깡마른 손을 두드리려고 했다. 그러나 노인의 손은 마치 교활한 뱀의 혓바닥 같았다. 손목을 떨어뜨리는 것으로 간단하게 피하더니 그대로 뻗어 이번에는 가슴을 움켜쥐려고 했다.

당몽현은 그것을 한 손으로 쳐내면서 다른 손으로 오히려 노인의 수염을 잡으려고 했다. 노인도 두 손을 함께 뻗어 뿌리치고 비틀며 손가락을 튕겨댔는데 눈부시게 빠르고 매서운 솜씨였다. 그것에 대응하는 당몽현의 손 또한 그와 같았다.

두 사람은 눈 깜짝할 사이에 십여 초나 손을 섞었다. 붙들고, 두드리거나 비틀며, 꺾기 위해서 오가는 손이 얼마나 재빠르고 교묘한지 그것을 보는 자들은 눈이 어지러워 현기증을 느낄 지경이었다.

손과 손이 어쩌다가 얽히고 마주칠 때마다 마른 장작개비로 문설주를 두드려 대는 것 같은 소리가 났다.

십여 초가 그렇게 지나갔지만 아무 소득이 없자 화가 났던지 노인이 손바닥으로 탁자를 쳐서 밀어 보내며 벌떡 일어섰다.

"이놈! 네가 감히 나에게 대항을 하는구나!"

갈빗대를 부수고 파고들 듯이 밀려오는 탁자를 쳐서 막아낸 당몽현 또한 버럭 소리치며 뛰어 일어났다.

"제기랄, 염치도 없는 늙은이 같으니! 나는 이제 네가 누구인지 알겠다!"

"흥, 그래? 그렇다면 어서 무릎을 꿇지 않고 뭘 꾸물대고 있는 것이냐?"

두 사람은 말을 주고받는 동안에도 숨 막히는 공방을 벌이고 있었다.

당몽현이 노인의 손가락을 쳐내면서 다시 소리쳤다.

"담사헌! 정말 당신이구나! 흥, 사부가 당신을 만나면 미친개 두드려 잡듯이 그렇게 패주라고 했다! 그런데 너는 두렵지도 않단 말이냐? 겁도 없이 낯짝을 내밀다니!"

"흐흥, 과연 네 뜻대로 될까? 그것보다 나에게 항복해서 목숨을 부지하는 게 더 급하지 않으냐?"

"개소리! 정말 한 대 맞아보고 싶은 거냐?"

잔뜩 화가 난 당몽현이 성난 멧돼지처럼 저돌적으로 달려들며 두 주먹을 휘둘렀다. 허공에 붕, 붕 하는 바람 소리가 걸리고 권풍이 폭풍처럼 몰아쳐 왔다.

무엇이든 부수고 박살을 내버릴 듯한 그 위력적인 주먹질
에 맞서는 노인, 담사헌의 움직임은 침착하고 날카로웠다. 조
금도 동요하지 않는다.

두 사람은 한 발짝도 물러서지 않은 채 그 자리에서 몸을
내밀거나 기울이면서 손발을 번개처럼 움직여 싸웠다.

순식간에 다시 십여 차례의 주먹과 손바닥이 섞이고 무릎
이 수시로 오갔다.

그 재빠름이 역시 눈부실 지경이라 제대로 볼 수가 없었다.
그래서 그들의 격렬한 박투를 지켜보던 사람들은 넋이 나갈
만큼 놀라고 황홀해했다.

손 한 번 삐끗하면 목숨을 잃게 될 위험한 상황이 보는 자
들에게 그대로 전해져 모두 가슴을 졸이며 몸을 떨었다.

어쩌다 두 사람은 주먹과 주먹을, 손바닥과 손바닥을 부딪
치는 일이 있었는데, 그때마다 몽둥이를 힘껏 휘둘러 때린 것
처럼 텅, 텅 하고 둔탁한 소리가 터져 나왔다.

숨조차 내쉬고 들이마실 여유가 없을 정도로 빠르고 위력
적인 공수를 나누는 두 사람은 온 정신과 신경을 오직 상대의
움직임에 두고 있었다. 아차 하는 순간에 승부가 갈리고 목숨
을 잃게 될 상황이라 무섭도록 집착하지 않을 수 없다.

쾅!

다시 주먹 부딪치는 소리가 터져 나오더니 당몽현이 떠밀
린 듯이 몸을 뒤로 뺐다. 그리고는 그대로 등을 돌리고 달아

나 버린다.

"나는 싸우지 않겠다. 제기랄!"

"뭐라고 하는 거냐!"

담사헌이 버럭 소리치며 맹렬하게 뒤를 쫓지만 당몽현을 잡지 못했다. 손을 뻗으면 뒷덜미가 잡힐 듯 말 듯한 거리를 두고 쫓을 뿐이다.

뒤도 돌아보지 않고 달아나면서도 당몽현에게는 아직 떠들어댈 여유가 있었다.

"당신과 싸우면 세상 사람들이 늙은 사숙을 때리는 후레자식이라고 욕할 거 아니냐? 그러니 나만 손해지! 이런 싸움은 안 해!"

"상관없다! 거기 서!"

"싫다!"

"달아나다니, 부끄럽지도 않단 말이냐?"

"쳇, 너는 나를 때려도 욕을 얻어먹지 않을 테지. 사람들이 버릇없는 사질 놈을 때려줬을 뿐이라고 하지 않겠어? 그러니 이건 공평한 싸움이 아니야. 나는 가겠다!"

연신 떠들어대면서 두 발에 더욱 힘을 주어 달려간다.

그렇게 큰 길을 가로질러 복잡한 골목으로 뛰어들자 담사헌으로서는 더 이상 당몽현을 뒤쫓을 수가 없었다. 숨이 가빠졌던 것이다.

그가 한숨을 쉬고 걸음을 멈추었다. 이제 나도 늙었구나 하는 한탄을 하지 않을 수 없다.

젊은 당몽현과 체력에서 차이가 나는 건 어쩔 수 없는 일이었다. 그러니 짧은 시간의 싸움으로 승부를 내야 하는데, 겪어보니 그렇게 할 수 있는 상대가 아니지 않은가.

그를 제압하기가 쉽지 않겠다는 생각에 우울해진 담사헌이 다시 한숨을 쉬었다.

겨우 그를 따돌릴 수 있게 된 당몽현도 한숨을 쉬기는 마찬가지였다.

숨을 헐떡이면서 투덜댄다.

"제기랄, 늙은 놈이 어째서 그렇게 힘이 좋단 말이냐? 왜 뒈지지 않고 아직까지 살아서 나를 귀찮게 하는 거야?"

터벅터벅 걷더니 우뚝 멈추어 서서 고개를 갸웃거렸다.

"가만, 그런데 내가 왜 이렇게 달아나야 하는 거지? 인정사정 봐주지 말고 그냥 때려 죽였어야 하는 거 아니야?"

제가 강호에 나온 목적 중의 하나가 바로 담사헌을 죽여 사문의 문호를 정리하는 것 아니던가.

"이런, 빌어먹을! 아까운 기회를 놓쳤다!"

발을 구르지만 다시 객잔으로 돌아갈 마음은 없었다. 무서웠던 것이다.

第五章
쫓는 자와 쫓기는 자

1 용호보를 뚫다

당몽현은 곧장 현성을 빠져나와 산 아래의 소로(小路)를 따라 정신없이 달렸다.

그리고 그곳에서 기다리고 있던 자들과 마주쳤다.

담사헌은 몰이꾼이고, 그자들은 짐승이 튀어나오기를 기다리고 있는 사냥꾼들인 것 같았다.

일백여 명의 붉은 무복을 입은 검사들이었다.

그들이 산길이 끝나고 마주친 벌판에서 검을 쥐고 도열해 서 있었다.

커다란 천막과 그 주위에 꽂아놓은 깃발들이 엄정해서 마치 병영을 보는 것 같았다. 당몽현은 그중 '용호보'라는 세

글자를 금으로 새겨 넣은 깃발을 눈여겨보았다. 천막 곁에 꽂혀 있는 것으로 보아 보주가 직접 행차한 게 틀림없다.

당몽현이 눈살을 찌푸렸다.

"제기랄, 겨우 늙은 호랑이의 아가리에서 벗어났더니 이번에는 늙은 용이냐?"

뒤를 돌아보았다. 제가 달려온 길이 거기 있다. 하지만 다시 돌아가고 싶은 마음은 없었다. 지금쯤 저쪽 어딘가에서 담사헌이 쫓아오고 있을 것이기 때문이다.

"네 말을 들을 걸 그랬나 보다."

당몽현이 한숨을 쉬고 제 안에서 침묵하고 있는 '그놈'에게 그렇게 말했다. 하지만 어찌 된 일인지 늘 시끄럽게 떠들어대서 정신없게 하던 그놈은 입을 꾹 다물고 있었다.

"좌로 갈까, 우로 갈까?"

왼쪽은 가파른 산비탈이고 오른쪽은 가시나무 숲이다. 갈데가 없다.

"제기랄. 네놈이 아무 말 하지 않는다면 내 맘대로 하겠다. 빌어먹을 놈. 꼭 필요할 때는 정작 쓸모가 없어요."

투덜거린 당몽현이 마음을 굳힌 듯 옷소매를 둘둘 말아 올리고 성큼성큼 걸어갔다.

붉은 무사들은 움직이지 않았다. 다가오는 당몽현을 뚫어지게 바라볼 뿐이다.

그들 앞에 버티고 선 당몽현이 허리에 두 손을 얹고 턱으로 천막을 가리켰다.

"나오라고 해. 안 그러면 쳐들어가서 늙은이의 수염을 잡아 끌어낼 테다."

"쳐라!"

그의 허풍스런 말이 끝나기가 무섭게 금 글자를 새겨 넣은 깃발 아래 서 있던 중년의 사내가 짧고 날카롭게 소리쳤다.

그 즉시 앞 열에 있던 열 명의 붉은 무사들이 바람처럼 달려나왔다. 번쩍이는 검광에 눈이 부시고, 붉은 옷자락이 노을처럼 눈앞을 덮는다.

"빌어먹을."

퉤, 하고 침을 뱉은 당몽현이 주먹을 불끈 쥐더니 천둥소리 같은 고함을 터뜨렸다.

"으아아—!"

그리고는 상처 입은 멧돼지가 돌진하듯이 쿵쿵거리며 그들을 향해 무식하게 마주 달려갔다.

꽝!

한 사람과 열 명의 충돌은 그렇게 커다란 소리로 시작되었다.

몸을 비틀어 첫 번째 검격을 피한 당몽현이 어깨로 그놈을 들이받아 날려 버린 것이다. 그 순간에 공수입백인(空手入百刃)의 수법으로 불쑥 손을 뻗어 검을 빼앗는 것이 솔개가 병아리를 채는 것 같았다.

서걱!

그것이 좌우를 휘젓고 휩쓸어가자 살이 베어지고 뼈가 갈라지는 끔찍한 소리가 났다.

"끄아악!"

동시에 터져 나온 몇 마디의 처절한 비명 소리.

그게 두 번째 시작을 알리는 소리였다. 하늘과 땅에 울리는 경고음이기도 하다.

연이어 비명 소리와 피가 허공을 가득 메웠다.

당몽현의 검은 무식하기 짝이 없는 도끼와 같았다. 그것으로 장작을 패듯이 거침없이 찍고 베어 넘기는데, 검이 미치는 범위의 모든 것을 그렇게 했다.

그의 손에 들린 것은 칼이 되었든 검이 되었든 상관없었다. 몽둥이라고 해도 마찬가지다. 무엇이든 가장 강력하고 무지막지한 살육의 도구로 화하는 것이다.

베고 찍어 넘기는 수법 자체가 그와 같았다. 변함이 없다.

언뜻 보면 오직 무지막지한 힘으로 무식하게 들이치는 것 같은 검법이고 도법이지만 그 앞에 있던 자들은 다 죽었다. 귀모산의 산적들이 그랬고, 강호의 고수라는 자들도 그랬다.

이번이라고 다르지 않았다.

용호방의 정예인 일백 무사 앞에서도 그의 검법은 조금도 달라지지 않았다. 그저 좌충우돌하는 것이 마치 미친놈이 수수밭에 뛰어들어 낫을 휘둘러대는 것 같기만 했다. 어수선하

고 정신없다. 그러나 그의 검이 번쩍이는 곳에서는 여지없이
비명 소리가 터져 나오고 붉은 피가 솟구쳐 올랐다.

그렇게 순식간에 열 명의 붉은 무사 중 일곱 명을 쳐 넘기
고 돌파하자 다시 이선에서 대기하고 있던 스무 명의 붉은 무
사가 고함을 지르며 달려들었다.

천지를 또 한 차례 피로 물들이며 주검을 즐비하게 깔고 그
들마저 통과하자 이번에는 세 번째 줄을 이루고 지켜 서 있던
서른 명이 부나방들처럼 달려든다.

그들이 죽음을 모르는 자들이라면 당몽현은 지칠 줄 모르
는 초인이었다. 일선과 이선을 돌파하면서 서른 명의 고수를
상대했고, 쉴 새 없이 검을 휘둘러 그들 중 스물한 명의 피를
뿌렸지만 여전히 기운이 펄펄 살아 있었다.

피를 흠뻑 뒤집어써서 악귀같이 변한 당몽현이 톱처럼 되
어버린 검을 버리고 다른 걸 집어 들었다. 여섯 번째 바꾸는
것이다.

허공에 두어 번 휘둘러보더니 두려움없이 세 번째로 몰려
들고 있는 서른 명을 향하여 돌격해 들어간다.

붉은 무사들의 전열을 돌파하는 데 처음에는 서너 번 숨을
쉴 만큼의 시간이 걸렸고, 그다음에는 일각 남짓 걸렸다. 그
리고 세 번째는 뜨거운 밥 한 그릇 먹을 만큼밖에는 소요되지
않았다.

그건 그가 점점 많아지는 적들과 세 차례나 맞서 싸우는 동

안 조금도 지치지 않았다는 증거다. 처음과 똑같은 속도로 검을 휘두르고, 가로막는 자들을 쳐 넘기며 오직 천막을 향해 돌진해 갈 뿐이었다.

네 번째로 나머지 사십 명의 붉은 무사가 일제히 그런 당몽현을 가로막기 위해서 달려나갔다.

처음에는 그를 치기 위해서였는데, 네 번째에 이르러서는 그를 막기 위한 것으로 바뀌어 있었다.

당몽현에게는 그들의 변화가 어떻든 아무 상관 없는 일이었다. 그는 이미 살육의 광기에 흠뻑 빠져서 제가 죽고 사는 것마저 잊은 마귀로 변해 있었다. 지옥의 야차가 현신한 것이라고 해도 그보다 끔찍하지는 않을 것이다.

쾅!

그가 네 번째로 붉은 무사 무리와 충돌했다. 번갯불처럼 번쩍이며 떨어진 검이 가로막은 자의 검을 두 동강내며 그대로 정수리까지 쪼개 버렸다.

그리고 또 한 차례 발광하듯이, 몸부림치듯이 사방을 휘몰아쳤다. 그때마다 참담한 비명성이 꼬리를 물고 터져 나왔다.

어찌 된 게, 흑물하 서쪽 강호의 패자로 군림하는 용호보의 정예 검사 중 당몽현의 일 검을 받아내는 자가 없었다. 추풍낙엽이라는 말처럼 그가 휩쓸고 가는 곳마다 처참한 주검이 되어 즐비하게 깔릴 뿐이다.

당몽현에게는 용서라는 게 없었다. 적당히 하는 법도 없다. 하수를 만나든 고수를 만나든 오직 제가 지닌 모든 힘과 실력을 다 써서 상대했다.

호랑이가 사냥을 할 때는 그렇게 한다. 멧돼지를 잡을 때에도 전력을 다하고, 토끼를 잡을 때도 전력을 다하는 것이다.

당몽현은 그와 같이 상대에게 전력을 다했다. 그자의 솜씨가 어떤지 따위는 조금도 중요하게 여기지 않았다.

싸우면 이겨야 하고, 이기기 위해서 있는 힘을 다 쏟아낼 뿐이다. 그렇게 해서도 이길 수 없는 자라면 일찌감치 포기하고 달아나야 한다. 그것만이 목숨을 구하는 길이라는 걸 단단히 믿고 있는 자가 틀림없다.

그래서 드디어 용호보주인 유모량과 부딪쳤을 때 그는 서슴없이 검을 던져 버리고 재빠른 발을 더욱 바쁘게 움직여 씽, 하고 달아나 버렸다. 마지막 사십 명을 뚫고 천막으로 돌진해 들어간 직후의 일이었다.

당몽현은 천막 안에서 금검운보 유모량을 처음 보았다.

붉은 장포에 흰 수염을 늘어뜨린 위풍당당한 노인이 천막 중앙의 태사의에 오연하게 버티고 앉아 있었던 것이다.

그의 좌우에서 호법을 서던 두 명의 중년 검사가 소리도 없이 마주쳐 왔다. 그리고 그들은 바깥에 있던 자들이 그랬던 것처럼 당몽현의 일격에 모두 쓰러져 버렸다.

당몽현은 이제 미친 말이 되었다. 누구도 붙잡을 수 없을 것 같았다.

쿵쿵거리며 두려움없이 부딪쳐 오는 그를 바라보던 유모량이 매서운 눈빛을 뿜어냈다. 그리고 벌떡 몸을 일으킨 것과 동시에 찬란한 검격을 쏟아냈다.

쾅!

당몽현의 톱처럼 변한 검과 그의 검이 부딪치자 그 어느 때보다 커다란 충돌음이 터져 나오고, 천막을 받치고 있던 굵은 기둥이 흔들거렸다.

"헛!"

당몽현이 처음으로 놀란 비명을 터뜨렸다.

윙윙거리며 우는 검의 진동에 손목이 얼얼해지더니 충격파가 팔꿈치를 타고 곧장 어깨까지 치달려 올라왔던 것이다.

'이건 보통 늙은이가 아닌데?'

한 번 검을 부딪쳐 본 것으로 상대의 고하를 알 수 있는 건 유모량 또한 마찬가지였다. 그가 잔뜩 눈살을 찌푸리고, '음—' 하는 침음성을 흘렸다.

그는 눈앞의 야차 같은 놈이 과연 담사헌의 아래가 아니라는 걸 즉각 느낄 수 있었다. 그렇다면 그가 단신으로 백 명이나 되는 자신의 수하 검수들을 뚫고 온 게 우연이 아니다.

'이건 쉽지 않겠는걸.'

뒤따른 생각에 유모량이 더욱 깊게 눈살을 찌푸렸다.

당몽현을 잡기 위해서는 한 나절 동안 전력을 다해 싸워야 할지도 모른다. 그래서 마음을 굳게 하고 검을 고쳐 잡는데 당몽현의 두 번째 검격이 매서운 파공성과 함께 쳐들어왔다.

유모량이 마음을 독하게 먹고 온 힘을 다해 검을 내뻗었다.

부르릉, 하는 웅장한 진동음과 함께 그의 검봉이 수십 개의 잔영을 뿌리며 맞이해 나갔다. 자신의 절세적인 검법 금룡십삼세(金龍十三勢) 중에서도 절초인 용형팔로(龍形八路)의 초식을 펼친 것이다.

힘으로는 젊은 당몽현의 무지막지한 검을 당해낼 수 없다고 판단한 유모량은 절묘한 수법으로 그를 제압할 작정이었다.

"늙은이가 잔재주를 부리는구나!"

당몽현이 핏발 선 눈을 부릅뜨고 버럭 소리치더니 검법을 바꾸었다.

무지막지하게 들이치던 패도적인 검법을 버린 즉시 낭창거리는 검 본연의 특성을 살려서 이리저리 현란한 검화를 뿌리며 여전히 쳐들어간다.

유모량에게 그건 뜻밖의 변화였다. 당몽현이 오직 힘과 용맹이 더해진 과감성 하나로 그토록 포악을 떤 게 아니라는 걸 깨닫고 혼란스러워졌다. 그래서 그는 세 번째로 눈살을 찌푸려야 했다.

따다다당, 하는 몇 번의 날카롭고 맑은 울림이 터져 나왔다. 웅웅거리는 검의 울음소리가 뒤따르고, 허공에 화르르 피어올랐던 불똥들이 빠르게 사라졌다. 그와 함께 눈을 부릅뜨고 노려보던 당몽현의 모습도 꺼지듯이 사라져 버렸다.

손목을 울리는 충격에 잠시 휘청거렸던 유모량이 돌아보았을 때 그는 부러진 검을 휘둘러 천막을 찢고 그대로 달아나고 있었다.

"이놈!"

노성을 터뜨린 유모량이 힘껏 몸을 던졌다.

이대로 저놈을 놓친다면 용호보의 위명은 그걸로 끝이다. 그리고 저놈은 또 하나의 전설이 되지 않겠는가.

혼자서 용호보의 일백 검웅을 뚫더니 금검운보 유모량과 싸워 그를 물리치고 무사히 몸을 뺐다는 말이 온 세상에 진동할 것이니 그렇다.

반드시 잡아야 한다. 잡아서 꿇려야 한다.

유모량이 이를 악물고 천막 밖으로 뛰쳐나왔을 때 당몽현은 벌써 이십여 장 밖으로 달아나고 있었다. 이를 악문 유모량이 사슴을 쫓는 표범처럼 몸을 날렸다.

2 끈질긴 담사헌

"제기랄, 빌어먹을!"

당몽현이 땅을 구르며 욕을 해댔다. 제 가슴을 주먹으로 탕탕 두드려댄다.

"시끄럽다, 이놈아! 항복이라니, 항복이라니! 그따위 소리나 해댈 것이면 꺼져 버려!"

"뭐라고? 그래, 그들이 내게서 보검을 원하는데 죽일 리야 없겠지. 그러니까 항복하라고? 치워라, 이놈아! 너나 제발 내 몸에서 나가 항복하고 그 늙은이들 종노릇이나 해라! 나는 죽으면 죽었지 그렇게 못해!"

지난 이틀 동안 쉬지 못한 건 물론 잠도, 먹는 것도 제대로 하지 못했다. 쫓기는 신세가 이렇게 고달프다는 걸 처음 안 것이다.

이제는 지칠 대로 지쳐서 정말 주저앉아 버리고 싶었다. 뒤 쫓아 온 그들에게 두 손을 내밀고 처분대로 알아서 하라고 소리치고 싶었다.

이틀 동안 쫓기면서 다섯 차례 싸웠는데, 모두 용호보의 내로라하는 고수들이었다. 그들을 몇 명이나 죽였는지 모른다.

이제는 싸우는 것도, 죽이는 것도 지겨워졌다. 다 귀찮으니 그들이 제 목을 자르든 꽁꽁 묶어서 누에고치처럼 만들어 버리든 상관하지 않고 그냥 한 사흘 죽은 듯이 잠을 자고 싶었다. 먹는 것도 필요없다.

그러나 당몽현에게 그런 행복은 결코 주어지지 않을 것 같았다. 뒤에서 불쑥 냉랭한 소리가 들려왔던 것이다.

"흥, 고작 여기까지 왔느냐?"

"헉!"

당몽현은 이제 음성만 들어도 그게 누구인지 안다.

어제는 유모량이더니 오늘은 담사헌이었다.

두 늙은이는 번갈아가면서 괴롭히기로 짜기라도 한 모양이다.

"제기랄!"

소리친 당몽현이 뒤도 돌아보지 않고 다시 달리기 시작했다. 귓전에 스치는 바람 소리 속에 담사헌의 그것도 섞여서 따라왔다.

힐끔 뒤돌아보니 과연 담사헌이 밀랍을 바른 것 같은 얼굴을 하고 십여 장 뒤에서 바람처럼 쫓아오고 있었다.

"너는 절대로 내 손에서 빠져나가지 못해. 지금이라도 항복해라. 그러면 네 목숨에는 손대지 않겠다고 약속하마."

"사숙 늙은이, 당신이나 나에게 항복해라! 그러면 고통없이 단번에 죽여줄 테니까!"

당몽현이 마주 버럭 소리쳐 주고는 더욱 힘을 써서 달아났다.

"헛!"

텅 빈 밭둑을 건너뛰던 그가 기겁을 하고 몸을 던져 맨 땅바닥에 뒹굴었다. 싯, 싯 하는 소리가 들렸던 것이다.

역시 화살이었다. 십여 대의 강전이 아슬아슬하게 머리 위를 스쳐갔다.

밭두렁에 바짝 몸을 붙이고 바라보니 저 앞 소나무 그늘 속에 궁사들이 몸을 숨기고 있는 게 보였다. 대체 저놈들은 어떻게 제가 가는 길을 이처럼 정확히 알고 있는 건지 궁금해졌다.

매였다.

그것의 울음소리를 듣고 머리를 들어 바라본 당몽현이 다시 '제기랄' 하고 욕을 했다. 그리고 보니 지난 닷새 동안 저놈이 내내 머리 위에 떠 있었다.

허공을 향해 주먹질을 해대지만 소용있을 리가 없다.

진퇴양난이었다. 일어나야 달아날 수 있을 텐데 그러자니 소나무 숲의 궁수들이 여간 부담스러운 게 아니다. 그렇다고 이대로 엎드려만 있으면 곧 담사헌에게 덜미를 잡힐 것이다.

그가 벌써 숲에서 빠져나와 곧장 달려오고 있는 걸 돌아본 당몽현은 그와 싸우면 그만 아닌가 하는 생각도 언뜻 했다. 물론 이기는 건 힘들겠지만 그렇다고 그에게 맞아 죽지도 않을 것이다. 그게 문제였다.

종일 싸우고 있을 수도 없으려니와, 소식을 듣고 용호보주 유모량까지 달려와 가세한다면 그때는 손이 열 개라고 해도 견딜 수 없을 것이다. 결국 사로잡혀 무릎을 꿇는 치욕을 당할 수밖에 없다.

"제기랄, 죽어도 그렇게는 못하지."

당몽현이 벌떡 일어섰다. 그때를 노리고 있던 궁수들이 일제히 활을 쏘아댔다.

일백 보도 안 되는 거리에서 쏘아져 온 화살이다. 눈 깜짝

할 사이에 지척에 이르렀다. 이럴 때는 손에 칼이라도 한 자루 쥐고 있었으면 좋을 텐데 그렇지 못하니 한이다.

체면이고 뭐고 다시 땅바닥을 뒹굴었던 당몽현이 두 번째로 벌떡 뛰어 일어났을 때는 어느새 허리띠를 풀어 들고 있었다.

그 무렵 담사헌은 십여 장 밖까지 쫓아와 있었고, 측면에서 다시 화살들이 날아들었다.

당몽현이 허리띠를 풀어 휘둘렀는데, 부드러운 그것이 허공을 휘감자 마치 촘촘하고 질긴 그물을 펼친 것 같았다.

강한 힘으로 쏘아져 온 화살들을 말아 이리저리 흩어지게 하고 일부는 감아 휘두르는데, 부드러움으로 강함을 이기고 네 푼의 힘으로 천 근의 무게를 움직인다는 무공의 묘리를 그대로 보여주는 한 수였다.

"헛!"

그것을 본 담사헌이 놀란 숨을 들이마시고 잠시 주춤했다. 그 틈에 당몽현이 재빨리 몸을 빼 멀찍이 달려갔다.

두 차례 더 화살이 쏟아졌지만 이제는 그를 위협하지 못했고, 담사헌이 다시 뒤쫓기 시작했을 때 그들의 거리는 어느덧 사오십 장이나 벌어져 있었다.

콸콸거리며 흐르는 거친 물이 앞을 가로막았다. 흑물하로 흘러드는 샛강이라고 하지만 강폭이 십여 장에 이를 만큼 넓어서 뛰어 건널 수도 없다.

산중에서만 자라온 당몽현인지라 물에는 무지했다. 이처럼 거세게 흐르는 강물 앞에서는 겁부터 날 뿐이다.

두리번거려 보아도 다리는커녕 건널 만한 곳을 찾을 수 없었다.

왼쪽에 높이 솟은 회색의 절벽이 유일하게 달아날 수 있는 곳이었다.

그것은 병풍처럼 솟아 있는데, 아슬아슬한 잔도(棧道)가 절벽에 달라붙은 벌레처럼 이리저리 이어져 있었다. 그리고 곳곳에 천연적이거나 인공적인 동굴들이 시커먼 입을 벌리고 있다.

그곳은 용구굴(龍口窟)이라고 해서 오래전부터 불교의 유적들이 감추어져 있는 곳으로 유명했지만, 당몽현에게는 그런 건 아무 관심도 없었다. 알지도 못한다.

그가 더 생각할 것 없다는 듯 절벽을 향해 달려갔다. 돌계단을 한 달음에 뛰어 절벽에 달라붙더니 잔도를 타고 날랜 원숭이처럼 올라간다.

점점 위로 올라갈수록 아래가 까마득하게 내려다보여 현기증이 일 지경이었다. 그러나 당몽현은 지금 그런 걸 느낄 새도 없었다. 담사헌이 역시 잔도를 타고 뒤쫓아오고 있었기 때문이다.

"제기랄, 이 짓도 지겹구나. 죽든지 살든지 그냥 한바탕 붙어버렸으면 속 시원하겠다."

뒤돌아본 당몽현이 그렇게 투덜댔다.

끈질기게 쫓아오는 담사헌이 지겹기도 하거니와, 이렇게 죽어라고 도망가기만 하는 제 꼴이 한심했던 것이다.

"그래, 그건 네놈 말이 맞다. 사부가 실력이 더 높아질 때까지는 저 빌어먹을 사숙 늙은이와 싸우지 말고 참으라고 했으니 참아야지."

부지런히 발을 놀려 더 높이 올라가면서 쉬지 않고 중얼거린다.

"그래, 그 말도 맞아. 우선 사문의 물건을 찾는 게 급하다. 저 늙은 사숙을 죽여서 문호를 정리하는 건 그다음에 해도 늦지 않아. 빌어먹을."

그래도 분한 마음을 떨쳐 버릴 수 없었던지 말끝에 욕을 했다.

어느덧 잔도가 끝나고 있었다. 더 이상 달아날 데가 없다.

'제기랄!' 하고 발을 구른 당몽현이 생각할 겨를도 없이 가까운 곳의 굴속으로 냉큼 몸을 던져 넣었다. 나중이야 어떻게 되든 우선 꼴 보기 싫은 담사헌를 떼어놓는 일이 급하기만 한 것이다.

입구는 한 사람이 겨우 통과할 수 있을 만큼 비좁았지만 안은 의외로 넓었다. 어둡고 건조하다.

인공적으로 안을 파서 넓힌 굴인데, 어둠 속에 아래쪽으로 내려가는 계단이 있었다. 당몽헌이 대뜸 계단을 타고 달려 내려가기 시작했다.

계단은 내려갈수록 좁아지더니 마침내 한 사람이 몸을 옆으로 해서야 겨우 통과할 수 있을 만큼 좁은 통로로 이어졌다.

뒤에서는 여전히 담사헌이 따라오고 있는 발소리가 들려왔다. 투덜거린 당몽헌이 비좁은 그곳을 빠져나오자 이번에는 네 갈래의 계단이 나타났다. 사방으로 뚫은 동굴이었던 것이다.

잘됐다고 생각했다. 아무 데나 찾아서 들어가면 담사헌이 쫓아올 확률이 사분지 일로 줄어들 것 아닌가.

당몽헌이 성큼 두 번째 동굴로 향하는 계단을 달려 내려갔다.

한참을 내려가자 다시 통로가 나왔고, 그곳을 지나자 다시 네 개의 갈림길이 생겼다.

미로처럼 복잡하게 얽힌 그곳은 길을 잘 아는 자라고 해도 자칫하면 헷갈릴 것이다.

이제 뒤쫓아오는 담사헌의 발소리는 들리지 않았다. 하지만 당몽헌의 마음은 여전히 급하기만 했다. 그가 이번에는 세 번째 길로 뛰어들었다. 다시 아래로 내려가는 계단이 나왔고, 최대한 발소리를 죽여가며 구불구불한 그곳을 내려가자 앞이 비로소 밝아졌다.

저 모퉁이를 돌면 또 하나의 동굴에 이르게 되는 모양이다. 그곳에는 사람들이 있는지 웅웅거리는 말소리가 낮게 들려왔다. 불빛도 비친다.

"누구야!"

기웃거리는데 앞에서 날카로운 소리와 함께 한 사람이 튀어나와 길을 가로막고 섰다.

"너는 누구냐?"

당몽현이 몸을 내밀고 성큼 나섰다. 불빛을 등지고 있어서 얼굴을 알아보기 힘들지만 머리카락이 하나도 없는 것이 중이 분명했다.

그 중이 묻는다.

"당신은 누구인데 이곳에 온 것이오?"

"나는 나고 너는 너인 거지 뭘 따지느냐? 저리 비켜라. 나는 지금 몹시 바쁘고 급하다."

성큼성큼 다가간 당몽현이 손을 내밀어 중의 어깨를 밀쳤다. 가까이에서 보니 각진 얼굴의 젊은 중이었다.

"흥, 무단 침입만으로도 모자라 이제는 폭력까지 쓸 작정이오?"

젊은 중이 싸늘한 코웃음과 함께 어깨를 비틀어 당몽현의 손을 피하더니 오히려 그의 팔을 붙잡으려고 했다.

그 솜씨가 재빠르고 교묘한 것이어서 당몽현이 '엇?' 하고 놀란 소리를 냈다. 의외였던 것이다.

"이놈이?"

그가 눈을 부라리며 재빨리 산화수수(散花受袖)의 수법으로 맞섰다.

어지러운 손 그림자가 획획, 하는 바람 소리를 내며 오가는데, 그 교묘하고 엄밀한 수법 앞에서 젊은 중이 당황하여 허둥댔다.

"침입자다!"

비로소 당몽현이 생긴 모습과는 다르게 저로서는 감당할 수 없는 고수라는 걸 안 젊은 중이 바쁘게 두 손을 떨쳐 대항하며 크게 소리쳤다.

그 소리가 웅웅거리는 메아리를 만들며 동굴 안은 물론 통로를 타고 멀리까지 울려 퍼진다.

"시끄럽다, 이놈아! 왜 소리를 지르고 난리냐?"

다급해진 당몽현이 힘껏 주먹을 뻗었다. 단번에 젊은 중의 손 그림자를 깨뜨리고 들어간 그것이 이마를 딱, 하고 때린다.

"윽!"

머리가 깨지는 것 같은 충격에 젊은 중이 짧은 신음을 흘리고 맥없이 주저앉았다.

성큼 그를 넘어 동굴 안으로 들어간 당몽현이 눈을 크게 떴다.

의외로 넓은 동굴이었는데, 사방에 유등이 밝혀져 있고, 십여 명의 늙고 젊은 중들이 있었던 것이다.

정면의 장엄한 금동불상 앞에 여러 가지 과일이며 떡을 진
상해 놓은 것이 제라도 드리고 있었던 모양이다.

그것을 주관하는 자는 깨끗한 얼굴을 한 젊은 중이었다. 금
빛 가사를 걸치고 손에 여섯 개의 커다란 청동 고리가 달려
있는 용두선장(龍頭禪杖)을 쥐고 있는 것이 제법 위풍당당했
다.

3 청목사의 이상한 중

"당신은 내가 꿈에서 보았던 그 사람이로군?"

금빛 가사의 중이 대뜸 그렇게 말했으므로 당몽현은 어리
둥절해지고 말았다.

"나를 보다니?"

"오늘 아침에 잠깐 잠이 들었는데, 한 마리 커다란 곰이 한
손에는 높은 산을 들고 한 손에는 넓은 들판을 들고 서서 울
부짖고 있는 꿈을 꾸었다오. 내가 왜 그러느냐고 물었더니 곰
이 말하기를, 산이 있고 들이 있는데 내가 숨을 굴 하나 찾을
수 없으니 하늘이 어찌 이처럼 공평치 않은가 하고 되묻지 뭐
요?"

"그래서?"

"내가 말했지요. 숨을 곳이 필요하다면 부처님의 주머니

속처럼 적당한 곳이 없노라고."

"그랬더니?"

"그 곰이 또 말합디다. 내 덩치가 산을 밟아 뭉갤 만하고, 내 힘이 들을 뒤집어엎을 만한데 부처님의 주머니가 얼마나 크기에 나를 숨길 수 있겠소?'

당몽현이 머리를 갸웃거렸다. 금빛 가사의 중이 얼굴에 부드러운 미소를 띠고 다시 말했다.

"그래서 내가 대답했지요. 부처님의 주머니는 크고도 넓어서 온 세상을 담아도 남을 것인데 당신 하나쯤 담지 못하겠소?'

"그래?"

"그랬더니 당신이 비로소 산과 들을 버리고 내게로 와락 뛰어듭디다. 내 주머니 속에 당신을 담았다오."

"아하하하―!"

당몽현이 크게 웃었다. 그의 웃음소리가 쩌렁쩌렁한 메아리가 되어 동굴을 뒤흔들었다. 그러더니 언제 웃었느냐는 듯 이내 눈을 부라리며 험악하게 말한다.

"그러니까 네가 바로 부처님이고, 나는 불쌍하고 미련한 곰이라는 거냐?"

젊은 중이 태연하게 말했다.

"부처님은 나이기도 하고 당신이기도 하지요. 어쨌든 당신은 내가 꿈에서 본 것처럼 지금 이렇게 부처님의 주머니 속으로 뛰어들지 않으셨소?"

"음, 그거야 뭐……."

"내가 그 뒤에 또 하나의 꿈을 꾸었는데 그것도 마저 들어 보시려오?"

"뭐냐?"

"이번에는 흑물하에서 늙은 용 한 마리가 올라오더니 한 번 크게 숨을 들이켜서 온 세상의 광명을 빨아들이는 것 아니겠소?"

"그래서?"

"내가 왜 그런 무서운 짓을 하느냐고 물었더니 슬픈 얼굴로 말합디다."

"뭐라고 했는데?"

"나는 한 번에 바닷물을 다 마시고, 한 숨에 세상의 광명을 다 빨아들일 수 있는데, 하나만은 내 마음대로 할 수 없어서 화가 난다고 말이요."

"흠, 그래?"

"그래서 마음대로 할 수 없는 그 하나가 무엇이냐고 또 물었더니, '이놈아, 그 곰은 내 물건이니 냉큼 내놓아라!' 하고 소리치면서 달려드는 것 아니겠소? 정말 무서운 용이었다오."

당몽현이 침을 꿀꺽, 삼켰다.

"그래서, 어찌 되었느냐?"

"내가 부처님의 법력을 이 선장에 실어 한 대 후려쳤다오. 그랬더니 길게 누워 꼼짝도 하지 않았는데, 죽었는지 살았는지 알 수가 없었지요."

"그게 다냐?"

"그렇소이다."

"네 꿈이 신통하구나. 지금 나는 쫓기는 신세이고, 곧 늙은이가 나를 괴롭히기 위해서 달려올 텐데 숨을 데가 없다. 그러니 네가 그 꿈처럼 부처님의 주머니를 잠시 빌려줄 수 있겠구나?"

금빛 가사의 젊은 중이 빙긋 웃었다.

"쉬운 일이지요. 저 위에 은밀한 틈이 하나 있으니 그 안에 들어가 엎드려 있으면 아무도 알지 못할 것이오."

당몽현이 그가 가리키는 곳을 바라보았다. 청동의 부처님 머리 위에 틈이 있다는 건데, 음침한 어둠에 가려져 있어서 좀체 알아볼 수 없었다.

"쳇, 그럼 한번 속아보지."

당몽현이 훌쩍 뛰어 부처님의 무릎에 올라서더니 다시 뛰어 어깨를 밟고 머리를 밟았다. 그 무례함에 다른 중들이 모두 노기를 드러냈지만 금빛 가사의 젊은 중이 아무 말도 하지 않으니 가까스로 참았다.

그가 어둠 속으로 기어들어 가 보이지 않게 된 직후에 한 사람이 불쑥 동굴 안으로 뛰어들어 왔다. 담사헌이었다.

그가 매서운 눈길로 구석구석을 재빨리 훑어보더니 빙긋
웃었다.

"그놈이 여기에 있었군."

어수선한 분위기를 파악한 것이다.

금빛 가사를 두른 젊은 중이 나서서 담사헌을 가로막고 합
장했다.

"과연 소승의 꿈이 신통하군요."

"무슨 소리냐?"

"늙은 용이 오는 걸 보았더니 이렇게 시주가 찾아왔으니
말입니다."

"너는 나를 아느냐?"

"시주께서는 소승을 아십니까?"

담사헌이 눈살을 찌푸렸다. 그러자 싸늘한 안광이 뻗어나
와 비수처럼 젊은 중을 찔렀다. 하지만 젊은 중은 무엇을 믿
는지 태연하고 평온하기만 했다.

"여러 소리 할 것 없다. 그놈을 내놓아라. 그러면 아무 일
없이 물러나겠다."

"누구를 말씀하시는지 모르겠습니다."

"거칠고 행색이 남루하며 덩치가 큰 젊은 놈이지. 어디에
숨겨두었느냐?"

그가 탐색하듯 중들을 하나씩 바라보는 동안 동굴 안이 냉
랭해졌다. 그 무시무시한 기운에 다른 사람들은 모두 두려워

하는 기색을 떠올렸지만 젊은 중은 태연했다.

"찾으셨습니까?"

빙그레 웃기까지 하는 그를 보며 담사헌이 살기를 불쑥 일으켰다. 그러나 조금도 놀라지 않는 중이 괴이쩍게 여겨져 함부로 손을 쓰지는 못했다.

"너는 누구냐?"

젊은 중은 여전히 온화했다. 담사헌이 매서운 겨울바람 같다면 그는 따뜻한 봄볕이다.

"소승은 청목사의 용장보현이라고 합니다."

"헛!"

의외의 말에 놀란 담사헌이 새롭게 눈앞의 젊은 중을 바라보았다. 그가 정말 용장보현(龍杖普賢)이라면 그는 강호에서 말하는 청목사의 사천왕 중 수좌라는 지고한 신분이 아닌가.

담사헌은 청목사의 노승 도진 선사를 용호보주 유모량보다 더 꺼려하고 있었다. 그건 도진 선사가 대종사로 불리기에 부족함이 없는 불가의 고수이기 때문만은 아니었다. 그의 도가 크고 넓으며 깊다는 걸 알기 때문이다.

도진 선사는 이미 불가의 무학을 대성하여 신통의 지경에 들어선 사람이었다. 인간의 경계를 넘어선 고수인 것이다. 그뿐 아니라 민간에서 생불로 숭상하는 고승대덕이기도 하다. 도가에 나운선인이 있듯이 불가에는 청목사의 도진 선사가 있다고까지 할 정도였던 것이다.

그 도진 선사에게 청목사의 사천왕으로 불리는 네 명의 제자가 있는데, 하나같이 종사로 불리기에 부족함이 없는 무공을 지녔다고 했다.

청목사가 고찰(古刹)이면서 강호에 지대한 영향력을 가진 하나의 문파로 우뚝 선 데에는 그들 사천왕의 힘이 컸다는 걸 모르는 사람이 없다.

그들은 모두 오십대의 중들인데 유독 용장보현만이 삼십대 중반의 젊은 중이었고, 의외에도 그가 사천왕의 수좌였다.

하지만 한 번도 그를 본 적이 없는 담사헌은 의심하지 않을 수 없었다.

"네가 정말 청목사의 사천왕 중 수좌라는 그 용장보현이란 말이냐?"

물으면서 눈으로는 젊은 중이 짚고 있는 용두선장을 꼼꼼하게 살핀다.

사천왕 중 다른 세 명은 호검나한(虎劍羅漢)과 웅곤미륵(熊棍彌勒), 학창아미(鶴槍阿彌)라고 하는데 그들은 강호에 나오는 일이 극히 드물었다. 그러나 한번 나오면 반드시 파란을 일으켰다.

담사헌이 눈살을 찌푸렸다.

여전히 온화한 얼굴로 태연히 서 있는 용장보현을 칠 것인가 말 것인가를 결정하는 일이 쉽지 않았다.

세상의 말대로 청목사의 사천왕이 그렇게 대단한 중들이

라면 만만한 상대가 아닐 것이다. 이길 수야 있겠지만 쉽지 않을 것이라고 생각하자 짜증이 났다.

게다가 어디엔가 숨어서 지켜보고 있을 당목현이 가세한다면 오히려 낭패를 보게 될지도 모르는 일이다.

잠시 생각하던 담사헌이 천천히 말했다.

"나는 담사헌이라고 한다. 들어보았겠지?"

"헛!"

이번에는 용장보현이 크게 놀라 어깨를 움찔했다. 그는 눈앞의 노인이 무서운 사람이라는 건 짐작했지만 설마 그가 악명 높은 그 담사헌일 줄은 꿈에도 생각하지 못했던 것이다.

"아미타불, 아미타불."

용장보현이 한 손을 가슴 앞에 세워 불호를 거푸 외웠다. 떨리는 가슴을 다스리려는 것이다.

일촉즉발의 긴장이 두 사람 사이에서 무르익어 갔다. 용장보현은 담사헌이 움직이지 않는 이상 저도 움직이지 않겠다는 의지로 버티고 서 있었고, 담사헌은 청목사와 원한을 맺게 되는 일이 껄끄러워서 차마 검을 뽑지 못하고 있었다.

얼마 동안의 시간이 더 흐르고 나서 그가 탄식하고 말했다.

"너는 그놈을 아느냐?"

"여기서 담 시주를 처음 보았듯이 그 사람도 처음 보았습니다."

"그렇다면 그가 이곳에 와서 너에게 은혜를 베푼 것도 아니겠구나?"

"그렇습니다."

"결국 너와 아무 상관도 없는 자라는 말인데 왜 이처럼 빡빡하게 구는 거지?"

"인연이라는 것 때문이지요."

"인연이라니?"

담사헌이 가소롭다는 듯 비웃었다.

"그러면 나와의 인연은 어떻게 하겠느냐?"

"그를 소중히 여기듯이 역시 담 시주도 소중히 여겨야겠지요. 그게 불법에 귀의한 저의 본분이랍니다."

"네 불심은 가상하다만 나는 꼭 그놈을 잡아가야겠으니 결국 싸움을 피할 수 없겠구나. 내 손에 죽게 되더라도 나를 원망하지 마라."

"보검 때문입니까?"

"뭐라고?"

용장보현이 엉뚱한 말을 불쑥 내뱉었으므로 담사헌은 어리둥절해졌다. 용장보현이 빙그레 웃는다.

"세상에 소문이 자자하지요. 담 시주가 사문의 보검을 얻기 위해서 다시 강호에 나왔다고 말입니다. 용호보의 보주께서도 그렇다지요?"

"허, 그렇다면 청목사에서도 탐을 내고 있었구나?"

"제가 왜 산문을 나왔다고 생각하십니까?"

담사헌의 얼굴이 흉하게 일그러졌다.

청목사의 사천왕이 강호에 나왔을 때에는 그만큼 중요한 일이 있기 때문이라는 걸 간과했던 것이다.

"도진 선사께서 그것을 가져오라고 명령하시더냐?"

"악인의 손에 들어가는 걸 막아야 한다고 말씀하셨습니다. 그것 때문에 강호에 나왔는데, 어디에서 어찌 찾아야 할지 막막했지요. 그런데 이렇게 보검의 주인이 되기를 다투는 두 사람을 한꺼번에 만났으니 이것도 부처님의 가호가 아닌가 합니다."

용장보현의 태연한 말에 담사헌이 다시 싸늘한 안광을 뿜어냈다.

"흥, 그 악인은 나이고, 너희는 선인이란 말이지? 그 말은 곧 우리 육화선인의 사문이 악이고 너희 청목사는 선이라는 거냐?"

"소승이 어찌 감히 그런 말을 할 수 있겠습니까?"

담사헌의 손끝이 검 자루에 닿았다. 그러나 용장보현은 보지 못한 것처럼 여전히 태연하고 온화했다.

잠깐 망설이며 갈등하던 담사헌이 한숨을 내쉬고 검에서 손을 떼었다.

"휴, 어째서 일이 자꾸 커지기만 한단 말이냐? 뜻대로 되는 게 하나도 없으니 마가 끼어도 단단히 낀 모양이다."

처음 산에서 나왔을 때는 당몽현을 찾아 그를 제압하는 일쯤은 손 한 번 쓰면 될 것이라고 믿었다. 그러면 보검을 손에 넣는 것이야 주머니 속의 물건을 취하는 것처럼 쉬울 것이다.

게다가 용호보주 유모량의 조력까지 받게 되었으므로 아무 걱정도 없었다.

그런데 마주쳐 보니 당몽현의 무위가 의외로 높아서 쉽게 제압할 수 없었고, 이제는 청목사의 중까지 끼어들었다.

일이 해결되기는커녕 시간이 지날수록 더욱 멀어지는 것 같으니 분하고 안타깝기 짝이 없었다.

그런 담사헌의 마음을 아는지 모르는지 용장보현이 태평스럽게 말했다.

"시주의 말씀대로 이 일에는 커다란 마가 단단히 끼었지요. 그러니 모두 힘을 합해야 하지 않겠습니까? 혼자서는 그 마를 뿌리칠 수 없겠지만 우리가 힘을 합한다면 가능할 것입니다."

"마라니? 우리라니?"

"방금 시주께서 말씀하지 않으셨습니까? 마가 단단히 긴 것 같다고. 그리고 우리란 저기 숨어 있는 사람과 그를 쫓아온 담 시주, 그리고 용호보주이신 유 시주를 말함입니다."

"허, 너는 다 알고 있었구나?"

"귀 있는 자들은 모두 들어 아는 일이니 특별할 것도 없습니다."

"허―"

담사헌이 거푸 탄식을 터뜨렸다. 이래서는 보검을 탐내는 자들을 죄다 끌고 가야 할 것 같으니 낙심되지 않을 수 없다.

4 보검을 탐내는 자들

"그래서 그다음에는 어찌 되었습니까?"

황보강이 홀린 듯이 풍옥빈을 바라보았다. 그가 해주는 긴 이야기에 흠뻑 빠져 있는 게 틀림없다.

그럴 수밖에 없는 것이, 황보강으로서는 처음 들어보는 강호의 일이었던 것이다. 게다가 풍옥빈이 말하는 이야기의 주인공들이 하나같이 무시무시한 고수들이고, 그 행동이 기이하니 제가 알고 있던 세상과는 또 다른 신기함이 있었다.

풍옥빈이 빙긋 웃었다.

"너 같으면 어떻게 하겠느냐?"

"호랑이와 곰이 먹이를 두고 싸운다면 모두 상처를 입게 될 뿐 아니겠습니까? 결국 먹이는 호시탐탐 기회만 엿보던 늑대의 것이 되겠지요."

"옳다. 그래서 그들은 더 이상 싸우지 않고 힘을 합하기로 했다. 물론 보검을 찾을 때까지만이지. 그 소식이 전해지자 강호에서 보검을 탐내는 자들이 모두 사라졌다. 놀란 자라처럼 목을 쑥 집어넣은 게야."

"그러지 않을 수 없겠지요. 그들 네 사람의 고수는 한 명씩

도 상대하기 어려운데 함께 뭉쳤으니 현세에서 누가 그들을
당해낼 수 있겠습니까?"

빙긋 웃은 풍옥빈이 벌떡 일어섰다.

"시간이 늦었다. 나는 이만 가야겠어."

"언제 또 오시겠습니까?"

"왜? 이제는 나에게 정이 든 거냐?"

"뒷이야기가 궁금해서 그러지요."

"하하, 기다리고 있으면 그들이 이리로 올 테니 그때 직접
물어보면 되지 않겠느냐?"

옷소매를 떨치며 풍옥빈은 다시 천호천산으로 돌아갔고,
황보강은 멍하니 어두워진 하늘을 바라보며 앉아있었다.

"강호란 흥미로운 곳이었구나. 그곳에서의 싸움도 전장 못
지않게 치열하고 지독한 것이군."

중얼거린 그가 씁쓸하게 웃었다.

"하긴, 목숨을 걸고 싸우는 일에 차이가 어디 있을 것인가.
강호와 전장이 다르지 않으니 세상이 온통 치열하고 무서운
싸움터일 뿐이야."

지금 제가 머물고 있는 이 성만 해도 그랬다. 적망대공 나
하순은 본래 악명이 자자한 폭군 아니었던가. 그러던 것이 제
가 성으로 들어온 뒤에는 더욱 기세를 떨쳐서 이웃한 세 개
현마저 노골적으로 넘보고 있었다.

빼앗으려는 나하순과 지키려는 토호며 영주들 간에 보이

지 않는 전쟁이 벌써부터 시작되고 있었던 것이다.

그 한 방법으로 나하순은 주민들을 수탈하여 거두어들인 재물을 창고에 쌓아두고 수시로 대황국의 내시며 대신들에게 뇌물을 뿌렸다.

그런 꼴을 보면서 황보강은 나하순의 욕심이 생각보다 크다는 걸 짐작하고 있었다. 그는 어쩌면 이곳을 기반으로 삼아서 나라를 세우려는 건지도 모른다.

천하를 집어삼키다시피 하고 있는 대황국의 비호를 받는다면 속국 하나쯤 만들어내는 건 생각보다 쉬울 것이다.

게다가 망해 버린 청오랑국에는 아직도 주인이 없지 않은가.

대황국이 비록 그 넓은 땅을 점령했고, 관원을 파견해 다스린다고 해도 빙산의 일각에 불과했다. 청오랑국의 영토에는 주인을 잃은 땅이 허다했던 것이다.

대황국에서 원래의 관리들을 쫓아내 버리고 자신들이 임명한 지방관을 세웠지만 그들의 힘은 구석구석까지 미치지 못했다. 백성들이 따르지 않았고, 황제 사량격발에게 그런 곳에까지 신경을 쓸 여유가 없으니 그렇다.

지난 일 년여 사이에 대황국은 청오랑국과 이웃한 네 개 나라를 공격하여 그중 두 개를 더 점령했다. 대륙의 북반부 절반이 사량격발의 수중에 떨어진 것이다. 하지만 그의 욕심은 그것에 만족하지 않았다.

며칠 전에도 상장군 야목성이 깃발을 펄럭이며 오만의 병사를 이끌고 이곳을 거쳐 남쪽으로 내려갔다. 기병 삼만에 보병 이만의 그들은 얼마나 위풍당당하던가.

망루에서 그들을 훔쳐보면서 황보강은 뛰는 가슴을 달래느라고 혼났다. 이곳에 있는 일만 명의 사병을 휘몰고 처내려가 그들의 허리를 가르고 장쾌한 일전을 벌이고 싶어 온몸이 근질거렸던 것이다.

하지만 적망대공 나하순에게는 그런 생각이 조금도 없었다. 그는 사병들을 성안에 가두어놓은 채 숨마저 죽이고 엎드려 있기만 했다.

황보강은 그때처럼 제 자신이 부끄럽게 여겨진 적이 없었다.

'이곳은 내가 있을 곳이 아니다.'

그런 생각이 들자 마음은 점점 멀어지기만 했다.

언젠가 풍옥빈에게 그런 속내를 보이자 그가 심각하게 말했다.

"나도 네가 이까짓 성에 만족하고 있을 사람이 아니라는 걸 안다. 하지만 쫓기는 몸이라는 걸 생각한다면 여기보다 안전한 곳도 또 없지. 게다가 언젠가는 이 성을 발판으로 삼아서 웅비할 날이 올 것이다. 그때를 기다리는 게 어찌 헛된 일이겠느냐? 큰 뜻을 품은 자들에게는 모두 잠시 웅크리고 있으면서 시련과 수모를 묵묵히 받아내야 할 때가 있는 법이다. 그런 다음에라야 비로소 기회가 오고, 그걸 꽉 움켜잡는 자가 대업을 이루지."

황보강은 풍옥빈의 말이 모두 옳다는 걸 잘 알고 있었다. 그런 조언과 충고를 해주는 그가 마치 스승인 것처럼, 형제인 것처럼 느껴져 가슴이 따뜻해졌다.

그가 풍옥빈의 손을 덥석 잡았다.

"그때가 되면 풍 형이 내 힘이 되어주시겠습니까?"

"내 뜻은 오직 강호에 있을 뿐, 세상에 있지 않은데 과연 내 길과 너의 길이 같을지?"

"풍 형의 자유를 빼앗으려는 게 아닙니다. 떠나야 할 때가 되면 당연히 풍 형의 길을 찾아 떠나야겠지요. 그날이 올 때까지만이라도 나를 위해 수고해 줄 수 있느냐는 걸 묻는 것입니다."

풍옥빈이 빙긋 웃었다.

"내가 왜 이곳을 떠나지 않고 있으며 왜 이렇게 수시로 너를 찾아온다고 생각하는 거냐?"

"고맙습니다."

황보강이 풍옥빈의 손을 흔들어대며 활짝 웃었다.

그 후로 보름 가까이 지났다. 다른 때 같으면 벌써 두 번은 산에서 내려와 찾아왔을 풍옥빈이 어쩐 일인지 그동안 한 번도 내려오지 않았다.

황보강은 그를 기다리는 한편 아무 할 일도 없는 그 시간을 무료 속에서 보내고 있었다.

몸이 한가하면 잡념이 많아지는 법이다. 그건 황보강에게도 마찬가지여서 보름이 지날 무렵에 그는 하루 종일 심난한 상념들에 시달려야 했다.

그중 가장 그를 괴롭히는 건 역시 지금의 제 처지에 대한 비관적인 생각이었다. 대체 언제까지 떳떳치 못한 이 생활을 계속하고 있어야 하는 건지 알 수 없으니 그렇다.

전장을 치달릴 때의 그는 세상의 누구보다 용맹하고 단호한 용장이었는데, 이렇게 작은 성에 웅크리고 있는 그는 병든 호랑이 같기만 했다.

제 스스로 그렇게 느껴질 때마다 심한 자괴감에 괴로워할 수밖에 없었다. 더구나 지금 몸을 의탁하고 있는 나하순이 후덕한 인물이 아니라 더욱 그렇다.

자신이 그런 그의 전횡을 암중에서 보호하고 지지해 주는 처지라는 걸 생각하면 답답하기만 했다.

그날 밤. 이런저런 생각들로 마음이 심란해진 황보강은 낭하를 서성이다가 어느덧 뜰에 내려와 있었다.

찬바람 속에 우뚝 서서 지난날들을 돌이켜 보노라니 도유 강이 더욱 그리워졌다.

아버지는 여전히 그곳에 계신지, 혹시 전란에 해를 입지는 않으셨는지 하는 생각들로 마음이 우울해지기만 한다.

친절하고 순박했던 가화촌의 사람들도 하나씩 얼굴이 떠올랐다.

저를 따라 전장에 나가기 위해 마을을 떠났던 장정들은 죽거나 뿔뿔이 흩어져 소식을 알 수 없었다.

그들에 대한 미안한 마음까지 더해져서 황보강은 더욱 견디기 힘들었다.

그런 마음의 그늘 속에서 또 다른 어둠이 슬그머니 머리를 들었다. 그리고 손짓하여 그를 불렀다.

황보강은 저도 모르게 그 손짓을 따라 후원을 벗어나 숙사에서 나왔다.

때는 겨울에 접어들어 있는 무렵이라 날 선 바람에 굵은 눈발까지 섞여 몰아쳤다. 그러나 황보강은 추운 줄도 모르고 텅빈 언덕길을 터벅터벅 걸어 내려가고 있었다.

야간 경비를 서던 무사가 꾸벅꾸벅 졸고 있다가 그를 보고 당황하여 군례를 보냈다. 고개를 끄덕여 준 황보강은 눈보라를 맞으며 내성을 나왔다.

그때까지 마주친 사람이라고는 경비무사 외에 아무도 없었다. 깊어가는 밤중이기도 하려니와 나하순의 명령 때문이기도 했다. 성 내에 거주하는 백성들은 삼경부터 새벽이 될 때까지 집 밖 출입을 할 수 없었던 것이다.

황보강은 저도 모르는 사이에 내성을 벗어나 어느덧 성안의 백성들이 저자를 이루고 살고 있는 외성의 거리로 나와 있었다.

검은 돌판이 가지런히 깔려 있는 거리는 인적이 끊어져 을씨년스러웠다.

광장을 중심으로 하여 팔방에 대로가 나 있고, 그 대로의 좌우로 민가며 상점들이 빼곡했다. 조금만 안으로 들어가면 좁은 골목들이 미로처럼 얽혀 있다.

외성이 두르고 있는 범위가 한정되어 있으므로 성안에 사는 사람들은 좁은 땅을 넓게 쓸 수밖에 없었다. 때문에 한 치의 틈도 없이 집을 지어서 골목은 갈수록 복잡해지기만 했다. 지붕과 지붕이 맞닿고, 대문과 대문이 수레 하나가 겨우 지나갈 정도의 공간을 마주하고 나 있는 것이다.

집을 먼저 짓고 나서 그 사이로 길을 냈으므로 골목길은 어쩔 수 없이 복잡하게 구부러지고 갈라졌다. 근근이 이어지다가 때로는 끊어지기도 한다.

그러니 외인이라면 몇 걸음만 들어가도 방향을 잃기 십상인 구조였다.

성에 들어와 산 지도 어느덧 석 달이 지나고 있었지만 황보강은 아직 그 골목에 깊이 들어가 본 적이 없었다. 한 번 들어갔다가 길을 잃고 한나절을 헤맨 뒤로는 다시 들어갈 마음이 생기지 않았던 것이다. 그래서 그날 밤도 그는 제가 지나온 큰길 외의 골목으로는 한 발짝도 들여놓지 않았다.

얼마 동안이나 대로가 끝나는 곳에 서서 텅 빈 광장을 바라보고 있었을까. 눈보라는 갈수록 거세어져서 마치 커다란 그물처럼 세상을 덮어버렸다.

　그 속에서 황보강의 의식은 점점 나른해져가기만 했다. 방향 감각이 사라지더니 천천히 녹아든 시간과 공간이 의식의 찌꺼기를 밀어내며 흘러갔다.

第六章

용수신검 (龍髓神劍)

1 다시 찾아온 악몽

갑자기 밀려드는 막막함.

눈을 떠보니 낯선 거리 한가운데 버려진 것 같은 어리둥절함 때문에 황보강은 멍해지고 말았다.

제가 언제, 왜 이곳에 와 있는 건지 생각이 나지 않는다.

검은 하늘을 가르고 화살처럼 쏘아져 오는 눈보라가 온몸을 사정없이 때렸다.

드러난 살갗에 달라붙는 그것의 섬뜩한 느낌은 불쾌함이었다. 이내 녹아 물이 되어 맨살을 타고 옷 속으로 스멀스멀 기어드는 느낌이 징그럽다.

황보강은 이것이 꿈속의 일인지 현실인지 알 수 없었다. 무엇도 확실하지 않은 그 모호성을 흔들며 의식이 빠르게 흘러 가고 있었다. 점점 아득해진다.

흑석이 깔려 있는 광장 주위로 높은 담을 쳐놓은 것처럼 집 들이 빙 둘러 있는데, 창문마다 불이 꺼져 있고 대문은 굳게 닫혀 있었다.

족히 수백 명이 한꺼번에 들어설 만한 검은 광장에 지금은 흰 눈보라만 날리고 있을 뿐, 쥐새끼 한 마리 얼씬거리지 않 았다. 그 적막이 광장을 더욱 넓고 황량해 보이도록 한다.

황보강은 사뭇 어지러워지고 말았다. 모두가 낯설고 어색 하기만 한 광경이다.

멍하니 서서 텅 빈 광장을 바라보던 그가 무엇에 홀린 듯이 천천히 걸어갔다. 잠결인 듯하고 꿈속인 듯한 몽롱함이 그의 손을 잡아 이끈 것이다.

저벅거리는 그의 발소리가 눈보라와 무거운 적막을 흔들 며 파문이 지듯 퍼져 나갔다.

그가 드디어 광장 복판에 우뚝 섰다. 그러자 가슴 가득 어 둠의 소리가 들려오기 시작했다.

처음에는 작은 아이의 숨결처럼 미약하던 그것이 점점 커 지더니 이내 가슴을 쿵쿵 울리는 커다란 북소리가 되었다.

황보강의 창백해진 이마에 땀방울이 솟았다.

"그들이다!"

비명처럼 낮게 외쳤다. 그러나 그것은 입 밖으로 나오지 못하고 가슴 안에 가라앉아 버리는 허망한 울림에 지나지 않았다.

손발을 꼼짝하지 못하게 하는 두려움.

가위눌린 것처럼 모든 신경과 힘줄이 뻣뻣이 굳어버리고 숨이 턱 아래에서 껄떡거린다.

모호해진 의식 속에서 제 스스로를 자꾸 키우고 있는 두려움이 그의 가슴을, 팔과 다리를, 온몸을 억눌러댔다.

쿵, 쿵, 땅을 울리며 다가오는 검은 그림자들.

황보강은 꿈속의 일처럼 그것을 바라보았다.

다섯, 여섯, 일곱…….

광장의 사방에서 다가오고 있는 검은 무사들과 검은 말들이 모두 얼마나 되는지.

검은 말과 번쩍이는 창을 들고 있는 검은 무사들.

말들이 고개를 끄덕이며 천천히 광장으로 나오고 있었다. 그것들의 허연 콧김이 어둠 속으로 빠르게 빨려들어 간다.

모두 열여섯 명의 악몽이었다.

투구 속에서 빛나는 그들의 눈빛이 황보강에게 모아졌다. 덫에 몰린 사냥감을 노리듯 다가오고 있다.

그들을 보자 비로소 가위눌렸던 손발이, 마음이 조금씩 정상으로 돌아왔다. 의식이 깨어났다.

보이지 않고 느끼기만 했을 때는 참을 수 없는 공포였는데 이처럼 보고 나자 마음이 오히려 편해지는 건 왜인지 알 수 없었다.

"과연 이곳에 있었구나."

반갑다는 듯 정면에 버티고 선 악몽이 히죽 웃으며 말했다. 어둠 속에서 그의 흰 이빨이 반짝이고, 푸른 눈빛이 크게 일렁였다.

'그놈이다.'

황보강은 그놈을 느낄 수 있었다.

대황국의 황성을 나와 백검천, 석지란과 헤어져 홀로 작은 마을에 이르렀을 때 큰 비를 만났고, 사흘 동안이나 버려진 헛간에 웅크리고 앉아 비가 그치기만 기다렸던 적이 있다.

그때 처음 그놈이 찾아왔었다.

망각이라는 자. 추적과 척살을 담당하는 자. 열두 명의 장군 중 한 놈.

눈앞에 버티고 있는 놈이 바로 그놈이라는 걸 황보강은 금방 알 수 있었다. 그놈이 황보강을 알아본 것과 같다.

"말했었지? 다시 만나게 될 거라고 말이야."

그놈이 그렇게 말했다. 느긋하다.

이마를 맞대기라도 할 듯이 고개를 숙여 바라보고 있는 검은 말의 커다란 머리통이 끔찍해 보인다. 그놈의 콧김이 얼굴을 덮어오니 더욱 그렇다.

"끈질긴 놈이로구나."

황보강이 검은 말의 머리통을 밀어내며 피식 웃었다.

두려움으로 질렸던 마음이 침착하게 가라앉았고, 빠르게 여유를 되찾았다.

전장의 죽음 앞에 서면 어느 순간 두려움이 물러나고 평화가 찾아온다. 체념의 용기. 삶에 대한 집착의 끈을 놓아버렸을 때 찾아오는 평화. 바로 그것이다.

수많은 적병 속으로 돌진해 들어가기 직전, 모두가 두려움에 떨었지만 황보강은 오히려 평화를 느끼곤 했다.

그것이 죽음을 대하는 그의 마음이었다. 그리고 그런 마음은 언제나 그에게 활로를 열어주었다. 그가 결코 죽지 않았던 까닭이기도 하다.

열여섯 명의 악몽. 그 앞에 홀로 선 황보강은 어느덧 그때와 같은 평온을 맛보고 있었다. 어리둥절함과 당황함은 모두 씻어버렸다.

그가 천천히 물러섰다. 다섯 걸음을 두고 서더니 악몽을 똑바로 노려보며 말했다.

"언제든 네놈들이 찾아올 줄 알고 있었다. 아니면 내가 네놈들을 찾아 나설 작정이었는데 잘됐어. 그런데 고작 열여섯 놈뿐이냐? 설마 나를 무시하는 건 아니겠지?"

그는 불길함을 느끼고 떨던 조금 전의 그 황보강이 아니었다. 주먹을 움켜쥐고 '이제는 내가 너희들의 악몽이 되겠다'라고 결심했을 때 그는 그렇게 되었다.

그것을 느낀 듯 망각이 의아해하며 말했다.

"그동안 너는 달라졌구나?"

"너희들이 나를 그렇게 만들어주었지."

"그래?"

"이제는 네가 나에게 고마움을 느끼도록 해주마."

"어떻게?"

"네 몸뚱이를 쪼개서 다시는 일어서지 못하게 하고, 네 불쌍한 영혼을 안식처로 보내주겠어."

"안식처라……."

중얼거리는 망각의 눈빛이 깊어졌다. 그리워하고 있는 마음이 읽힌다.

"너에게는 이 세상보다 지옥이 편하고 아늑할 거야. 거기가 네 집일 테니까."

비웃는 황보강의 말에 망각이 투구의 턱 끈을 조이며 흐흐, 웃었다.

"흥미로운 말이군. 하지만 그건 누구에게나 같다. 네가 그리워하는 곳도, 가야 할 곳도 생각해 보면 결국 그곳이라는 걸 알 거야."

"그러니 너와 내가 똑같은 부류라고는 말하지 마라. 나는 이렇게 살아 있고, 너는 산 것도 죽은 것도 아닌 허깨비니까."

"흐흐흐"

망각의 웃음이 음침해졌다. 황보강의 말에 자존심이 상했고, 그래서 화가 난 것이다.

그가 창을 내밀어 가리키며 스산하게 말했다.

"마지막으로 기회를 주겠다. 단조영에게서 받은 검을 내놓아라. 그러면 더 이상 너를 상관하지 않겠다. 그렇지 않으면 너를 죽여서 검을 빼앗은 다음에 다시 뇌옥으로 데려가겠어. 그리고 너는 그곳에서 죽지도 살지도 못하는 신세가 어떤 건지 느끼게 될 것이다."

"틀렸어. 이제는 내가 원하지 않으면 아무도 내게서 무엇을 빼앗을 수 없고 나를 데려갈 수 없다."

"자신만만해졌군."

"자, 그럼 시작해 봐. 증명해 보여주겠다."

"우흐흐흐."

음침한 웃음을 흘린 망각이 고삐를 채서 말머리를 돌렸다.

열여섯 기의 말이 황보강을 등지고 광장 끝으로 물러났다.

황보강은 꼼짝하지 않고 서서 그들을 기다렸다.

광장 끝에 이른 악몽들이 넓게 퍼지더니 다시 말머리를 돌려 황보강에게 향했다.

주인의 뜻을 읽은 검은 말들이 앞발을 긁어대며 투레질을 한다. 그 말들의 전의와 악몽들의 적개심이 광장을 뜨겁게 달구었다.

"하!"

망각이 힘껏 말 배를 박찼다.

히히히힝!

앞발을 번쩍 들고 우렁차게 울부짖은 말이 맹렬하게 달려오기 시작했다.

그토록 거세게 몰아치던 눈보라가 거짓말처럼 갑자기 멎었고, 청석을 두드리는 말발굽 소리가 요란하게 울렸다.

망각은 말 목을 감싸듯 고삐를 짧게 잡고서 납작 엎드렸다. 그대로 황보강에게 부딪칠 듯이 달려온다.

황보강은 이를 악물고 기다렸다.

마상의 창을 상대할 마땅한 방법은 없다. 방패로 막으면 방패가 뚫리고, 칼을 들어 후려치면 칼이 미끄러진다.

단 한 번. 황보강은 제 목숨을 던져서 그 한 번의 기회를 기다렸다.

지척에 이른 망각이 벌떡 몸을 일으키며 창을 내질렀다.

바람을 가르는 그것의 살기에 뼛골이 시려온다.

2 외로운 싸움

쉬익

시퍼런 귀화를 두르고 있는 창이 가슴에 틀어박힐 듯 쇄도했다.

한 치의 공간과 찰나의 시간. 그것을 놓치면 목숨도 놓친다.

황보강이 기다리는 단 한 번의 기회는 삶과 죽음의 경계가 아슬아슬하게 겹쳐지는 바로 그 순간이었다.

그리고 지금이다.

황보강이 멈추었던 숨을 짧고 격하게 내뱉었다. 동시에 몸을 비틀어 아슬아슬하게 창을 흘려보내며 힘껏 그것을 잡아챘다.

말이 달려가는 속도에 황보강이 창을 잡아채는 힘이 더해지자 망각은 견디지 못했다. 휘청 하고 몸이 기운다.

그가 말에서 굴러떨어지기 직전에 창을 버렸다. 겨우 중심을 잡고 달려간다.

한 번의 모험은 성공적이었다. 고무된 황보강이 창을 크게 휘두르더니 힘껏 던져 버렸다.

"으헉!"

왼쪽에서 달려들던 악몽이 가슴 깊이 박힌 창을 움켜쥔 채 말에서 떨어졌다.

훌쩍 뛰어 그놈에게 다가간 황보강이 칼을 빼앗아 들었다. 그것으로 머리통을 내려친다.

으지직, 하는 소리와 함께 놈의 투구가 두 쪽이 나며 검은 피가 튀어 올랐다.

숨을 돌릴 새도 없이 또 한 놈이 맹렬하게 달려들고 있었다. 말발굽으로 짓밟아 버릴 것 같은 기세다.

쾅!

찔러오는 놈의 창을 비키며 그대로 후려친 칼이 무쇠를 덧

댄 갑주를 가르고 놈의 허벅지를 찍어버렸다.

"끄악!"

놈이 고통의 비명을 터뜨리며 말 목을 감싸 안고 엎드렸을 때 황보강은 땅을 박차고 훌쩍 말 등으로 뛰어올랐다. 놈의 뒷덜미를 향해 다시 한 번 힘껏 칼을 휘두른다.

악몽에게는 검을 뽑을 여유가 없었다. 그가 허벅지의 상처를 누르며 말에서 구르듯 떨어져 간신히 그 일격을 피했다.

"하앗!"

말고삐를 쥔 황보강이 그것을 흔들며 힘껏 배를 박차자 고통스럽게 울부짖은 말이 미친 듯 달려나갔다.

세 놈이 창을 내뻗은 채 마주 달려왔다.

뚫지 못하면 죽는다.

거듭되는 죽음의 위기 앞에서 황보강의 투지는 더욱 맹렬하게 불타올랐다.

말 등에 얼굴을 붙이듯 납작 엎드린 그가 빠르게 가까워지고 있는 세 놈을 노려보았다. 눈 깜짝할 사이에 말과 말의 이마가 맞닿는다.

씨잉

몸을 기울여 말 옆구리에 찰싹 달라붙은 순간 두 자루의 창이 그가 있던 공간을 뚫고 지나갔다. 그리고 뒤따라온 놈의 창이 어깨를 노리고 쏜살처럼 뻗어왔다. 황보강이 안장에 달려 있는 걸쇠를 쥐고 미끄러지듯 떨어지더니 이번에는 말 배에 달라붙었다. 등자에서 벗어난 한 발이 바닥에 끌린다.

세 놈과 그렇게 엇갈린 순간 발을 구른 그가 다시 훌쩍 말 등으로 뛰어올랐다. 곡예를 하듯 아슬아슬하고 재빠른 기마 술로 또 한 번 목숨을 구한 것이다.

스쳐 지나갔던 자들이 방향을 틀었고, 좌우와 뒤를 지키고 있던 자들도 일제히 말을 달려 부딪쳐 왔다.

그들을 향해 돌진할 것 같던 황보강이 의외에도 말머리를 힘껏 잡아챘다. 말이 고통스런 울음을 터뜨리며 뻥 뚫린 어둠 을 향해 달려갔다.

사방으로 어지럽게 나 있는 골목이다. 한번 뛰어들면 뒤쫓 기가 쉽지 않다.

청석을 두드리는 말발굽 소리가 요란하게 골목 안에 울렸 다.

좌우로 이층, 삼층의 높은 누각과 담이 솟아 있는 골목은 말 한 마리가 겨우 지나갈 만큼 좁았다. 그곳을 황보강을 태 운 검은 말이 미친 듯이 달려 사라졌다.

골목이 세 개로 갈라지는 곳에 이르자 황보강은 말을 버렸 다. 등이 가벼워진 말이 더욱 빨리 저 안의 어둠 속으로 달려 갔고, 그는 담 모퉁이에 바짝 붙어 섰다.

두두두두!

급히 뒤쫓아 오는 말발굽 소리.

악몽을 태우고 있는 다섯 필의 전마가 쏜살같이 눈앞을 스쳐 지나갔다. 황보강은 발소리를 죽이며 재빨리 다른 골목으로 뛰어들었다.

따돌린 것이다. 이 미로같이 얽힌 골목만 벗어난다면 안전하리라.

쫓기는 것과 쫓는다는 것.

그것에 어떤 차이가 있는지 알 수 없게 되었다.

원을 그리며 서로 맴도는 것과 같다. 나의 꽁무니를 그가 바라보면서 뛸 때 나에게도 그의 꽁무니가 보인다.

그가 나를 쫓는 것인가, 내가 그를 쫓는 것인가?

알 수 없다.

원을 그리며 뛰고 있다는 것, 그게 문제일 것이다.

하지만 세상일이 모두 그렇다. 원을 그리며 서로 쫓고 쫓긴다. 영영 끝나지 않을 것 같은 술래잡기.

황보강은 나와 악몽이라는 것과의 관계가 그럴 것이라고 생각했다. 아니, 사람과 사람의 일뿐 아니라 모든 게 다 그렇다.

'운명은?'

불쑥 그런 의문이 들었다.

나와 그것과도 원을 그리며 서로 맴돌고 있는 것뿐이라면 그야말로 맥 빠지는 일 아니랴.

텅 빈 골목. 남의 집 대문 앞의 돌계단에 엉덩이를 붙이고 앉아서 가쁜 숨을 헐떡이는 동안 황보강에게 그런 엉뚱한 생각이 찾아왔다.

두두두두!

담 건너의 저쪽 골목을 달려가는 말발굽 소리가 들렸다. 끈질긴 놈들이다.

이렇게 골목이 소란스러운데도 나와 보는 사람 하나 없다는 게 이상했다.

아무리 깊은 잠에 빠져 있다 하더라도 이럴 수는 없다.

그들과 나와의 사이에 시간이 정지되어 버렸고, 공간이 뚝떨어져 나온 것 같았다.

서로 마주 보며 사는데, 그 사이의 거리가 영원의 이쪽과 저쪽이라고 할 만큼이나 멀다면 이럴 것이다.

황보강은 관심이라고 생각했다.

그게 있으면 하찮은 돌에도 애정이 가고 염려가 되겠지만, 그게 없다면 내 피붙이라고 할지라도 아무 상관 없는 존재가 된다.

세상은 나에게 관심이 없다.

오직 악몽이라는 저 기괴한 놈들만이 관심을 갖고 있다. 그래서 저렇게 지칠 줄 모르고 찾아다니고 있는 것이다.

달갑지 않았다.

"지겨운 놈들."

그렇게 중얼거리다가 문득 가슴이 쿵, 하고 내려앉았다. 관심이라는 것 때문이다.

'그렇다면 나 또한 그놈들에게 관심을 갖고 있어서인가?'

그런 생각이 불쑥 들었다.

그놈들의 관심과 나의 관심이 마주치고 있기에 서로가 서로의 존재에 대해서 너무 잘 느끼는 것이다.

한 남자와 한 여자의 사랑도 그렇게 시작될 것이지만, 원한도 그렇게 시작된다.

바로 그 관심의 접촉 때문에 이처럼 숨 가쁘게 쫓기고 있는 것이고, 또 그렇게 이를 갈며 쫓는 것이리라.

따각거리는 말발굽 소리가 들려왔다. 가까운 곳이다.

골목 모퉁이를 돌아 악동 하나가 나타났다. 천천히 말을 몰아 다가오고 있다.

그것을 바라보던 황보강이 마음을 비웠다. 그러자 그의 모습은 고독이 되었다.

발을 뻗고 누울 수 없고, 머리를 들고 일어설 수도 없는 그 밀실에 갇혀 있을 때, 그리고 줄줄 빗물이 떨어지는 텅 빈 헛간에서 짐승처럼 홀로 웅크리고 앉아 있었을 때 절실히 느꼈던 바로 그것이다.

그것은 분노와 절망을 뒤따라 찾아왔다. 그리하여 그를 어둡고 축축한 은자의 모습으로 돌려놓았다.

그 고독을 받아들이자 무관심의 텅 빈 공허가 가슴 가득 차올랐다. 따뜻함이면서 무기력함이고 넉넉한 무엇이다.

적개심이, 살의가 관심과 함께 모두 사라져 버렸다. 그래서 황보강에게 악몽은 뒹구는 돌멩이 하나와 다를 바 없는 사물이 되어버렸다.

나에게서 관심이라는 것이 떠나자 악몽에게서도 내가 떠났다. 아니, 관심의 접촉점이 갑자기 사라져 버린 것이다. 곤충이 부지런히 촉수를 뻗어 더듬다가 어느 순간 텅 빈 허공에 닿은 것과 같으리라.

그래서였을까? 천천히 다가오던 검은 말이, 번쩍이는 창을 쥐고 있는 검은 악몽이 우뚝 멈추어 섰다. 곤혹스러운 듯 머뭇거리지만 황보강에게 이제 그것은 무의미한 허상일 뿐이었다.

그자의 푸르게 번쩍이는 눈길이 허공을 건너와 황보강이 웅크리고 있는 골목 안의 어둠을 훑고 지나갔다. 그것뿐이다.

머리를 갸웃거리던 악몽이 천천히 앞을 지나가 골목 저 끝으로 멀어져 갔다.

자리를 털고 일어선 황보강이 골목을 나왔다. 그리고 언제 거기 있었던 것인지 우뚝 버티고 서 있는 한 노인과 마주쳤다.

노인이 놀라는 황보강을 보며 소리없이 웃었다.

"대단하군."

머뭇거리는 황보강에게 한 걸음 다가서며 다시 말한다.

"네가 싸우는 모습을 지켜보았다. 방금 저놈을 따돌리는 것도 보았지. 기막힌 은신술이더군. 자신의 기척을 그렇게 감쪽같이 지워 버린다는 건 쉬운 일이 아니지. 두려움을 버린 건가? 그래서 더욱 커다란 용맹을 얻은 것이냐?"

"나에게 하는 말입니까?"

"아니면 귀신에게 했겠느냐?"

황보강이 턱으로 악몽이 사라진 어둠을 가리키며 말했다.

"노인은 저놈들을 알고 있습니까?"

"알다마다."

"허!"

"무서운 놈들이지. 지독한 놈들이기도 하고."

"대체 노인은 뉘십니까?"

"따라와 보면 절로 알게 될 것이다."

노인이 성큼성큼 걸어갔다. 돌아보지도 않는다. 황보강은 홀린 듯 그런 노인의 뒤를 따랐다.

그리고 그들을 보았다. 그 끔찍한 광경을 보았다.

세 사람이었다. 한 명의 노인과 한 명의 거친 장한, 그리고 또 한 명의 젊은 중이다.

그들이 악몽들과 무서운 싸움을 하고 있었다.

텅 빈 광장에 말들과 악몽들이 쓰러져 있고, 검은 피가 바닥을 적시며 흘러내렸다.

처음 황보강이 본 악몽은 열여섯 명이었다. 그리고 지금 그들과 싸우고 있는 악몽들도 그랬다.

죽은 자들은?

황보강이 머리를 흔들었다. 아무래도 제가 지금 지독한 꿈을 꾸고 있는 것만 같았던 것이다.

죽은 자는 분명 있었다. 가슴이 쩍 벌어진 자, 머리통이 깨진 자, 얼굴이 짓뭉개져 형체마저 없어진 자들이다. 그 참혹한 꼴을 하고 제가 쏟아낸 검은 핏물 위에 엎어지고 누워 있었다.

그러나 잠시 후면 다시 꿈틀거리며 일어났다. 그러므로 죽은 자가 아니다. 다시 일어나 창을 잡고 칼을 집어 드는 자가 어찌 죽은 자일 것인가.

그렇게 다시 일어난 자들은 세 사람에게 달려들어 여전히 맹렬하게 공격해 댔다.

3 검은 피를 탐하는 악귀들

노인의 검은 빠르고 매섭기가 뇌신(雷神)이 휘두르는 불과 같았다.

젊은 중은 여섯 개의 고리가 달린 용두선장을 풍차처럼 돌리며 침착하게 나아갔는데, 한번 내려칠 때마다 큰 산을 들어 누르는 것처럼 위압적인 힘이 있었다. 게다가 고리가 부딪쳐 내는 시끄러운 소리 때문에 그와 상대하는 검은 무사들은 정신을 차리지 못하고 혼란스러워했다.

그러나 그들보다 황보강의 눈길을 더 빼앗고 있는 자는 거친 행색의 커다란 곰 같은 젊은이였다.

그는 검은 무사에게서 빼앗아 든 걸로 보이는 칼 한 자루를 쥐고 있었는데, 그 포악함이 정상이 아닌 걸로 보였다. 무지막지하게 칼을 휘둘러 닥치는 모든 걸 베고 찍어 넘길 뿐, 용서와 연민이란 찾아볼 수 없었던 것이다.

황보강은 그의 그런 거칠고 겁없는 모습에서 '검은 곰'을 보았다. 과거 자신을 따르던 악당 중의 악당 검은 곰의 포악함이 꼭 저렇지 않았던가.

"저 사람들은 대체 누구입니까?"

어리둥절하여 묻자 노인이 빙긋 웃고 흰 수염을 쓰다듬었다.

"담사헌이다. 무서운 검귀이면서 악당이지."

검을 휘둘러 또 한 명의 검은 무사를 찔러 쓰러뜨리고 있는 노인을 가리키며 한 말이다.

"담사헌!"

황보강이 놀라서 소리쳤다.

담사헌이 힐끗 돌아보더니 상관하지 않고 다시 검을 휘둘러 검은 무사들을 무찔렀다.

"저기 있는 조금도 자비롭지 않은 저 중은 청목사의 사천왕 중 수좌인 용장보현이라고 하지."

"용장보현!"

황보강이 또 한 번 놀란 외침을 터뜨렸다.

용장보현이 그를 돌아보고 흰 이를 드러내며 웃었다. 그리고 다시 선장을 휘둘러 검은 무사의 투구를 깨뜨려 버린다. 고리가 부딪치면서 쩔그렁거리는 요란한 소리가 종소리처럼 시끄럽게 들렸다.

이번에는 황보강이 거친 젊은이를 가리키며 말했다.

"그렇다면 저 청년은 당몽현이라는 사람이겠군요?"

"흘흘, 네가 어찌 그를 아느냐?"

"노인장께서는 바로 용호보주이신 유모량, 유 대협이시지요?"

"그렇다."

황보강은 대체 이게 무슨 일인지, 어찌 된 영문인지 알 수 없어서 더욱 어리둥절해지고 말았다.

풍옥빈의 말이 과연 맞았다는 놀람에 그들이 정말 제 눈앞에 이렇게 갑자기 나타났다는 놀람이 더해져서 어지럽기만 하다.

죽여도 죽여도 다시 꾸물꾸물 일어서서 달려드는 검은 무사들. 악몽들. 그러므로 그들 세 사람은 열여섯 명을 상대하는 게 아니라 수백, 수천 명을 상대하는 것과 다를 바 없었다.

이 싸움은 그들 세 사람이 죽기 전에는 영원히 끝나지 않을 것 같았다. 그러므로 무의미하고 헛되다.

그러나 세 사람은 조금도 그런 것에 신경을 쓰지 않는 게 틀림없었다. 밤새도록, 아니, 몇 날 며칠이라도 상관없이 저렇게 찌르고 베고 쳐서 악몽들을 죽여대기만 하고 있을 것 같다.

황보강은 지칠 줄 모르는 그들의 힘과 투지에 감탄하는 한편, 시간이 지날수록 더욱 끔찍해져 가는 검은 무사들의 모습에 진저리를 쳐야 했다.

그들은 정말 악몽 그 자체가 된 것 같았다. 머리통이 쪼개져 검은 피와 뇌수를 줄줄 흘려대면서도 악착같이 칼을 휘두르고, 몸통이 반으로 쪼개져 덜렁거리면서도 비틀거리며 달려들었다.

그 모습이 기괴하기 짝이 없는데, 갈수록 더욱 끔찍하게 변하고 있었으므로 이제는 보고 있는 것조차 역겹고 무서웠다.

고통을 모르고, 죽음을 모르는 그런 자들을 대체 뭐라고 해야 할지…….

황보강은 제가 그동안 그들을 너무 얕보고 있었다는 걸 절실히 느꼈다. 저런 상황이라면 누구나 두려움과 징그러움 때문에라도 전의를 잃어버리고 말 것이다. 그러면 죽임을 당할 수밖에 없지 않겠는가.

저런 자들이 십만 명이나 된다니 이 세상에서 암흑존자를 상대할 사람은 아무도 없으리라.

그 생각에 마음이 무거워지기도 하는 것이어서 황보강은 저도 모르게 한숨을 내쉬었다.

"왜 그러느냐?"

노인 유모량이 의아하여 바라본다.

"저놈들을 죽일 수 없으니 이런 싸움은 처음부터 하지 않는 게 현명한 일일 것 같습니다."

"흘흘, 꼭 그런 것만도 아니지."

"아니라고요?"

"저놈들은 아무리 찌르고 베어도 죽지 않는다. 상처가 금방 아물고 되살아나지."

"불사불멸의 몸이라는 것 아닙니까?"

"하지만 아주 죽일 수 없는 건 아니야."

"말씀을 이해할 수 없습니다."

"흘흘, 목을 잘라 버리면 죽는다. 그게 유일한 약점인 게야."

"저런 놈들이 십만 명이나 있다면 언제 일일이 목을 잘라 죽일 수 있겠습니까?"

"뭐라고?"

유모량이 놀란 눈을 크게 떴다.

"십만 명이라고? 저런 놈들이 말이냐? 네가 그것을 어떻게 알지?"

황보강이 한숨과 함께 고개를 설레설레 흔들었다. 지금 어찌 그걸 한가롭게 이야기하고 있을 수 있겠는가.

삐익—

날카로운 호각 소리가 들렸다.

악몽들을 지휘하는 놈, 그놈들의 장수인 망각이 호각을 불자 세 사람에게 지긋지긋하게 달려들던 악몽들이 움직임을 멈추었다.

망각이 칼을 들어 황보강을 가리키며 말했다.

"흐흐흐, 또 오마. 네가 검을 넘겨주지 않는 이상 추격은 끝나지 않을 것이다. 다음에는 더 많은 악몽들을 데리고 오도록 하지. 각오해라."

담사헌 등의 세 사람은 격렬한 싸움의 흔적을 뒤로한 채 떠나가는 망각과 악몽들을 멍하니 바라보고 있을 뿐 그들을 뒤쫓으려 하지 않았다.

*   *   *

"황보강이란 말이지?"

서로의 소개가 끝나고 황보강이 제 이름을 밝히자 유모량이 깜짝 놀라 새로운 눈으로 그를 바라보았다.

"저를 아십니까?"

"도울 각하의 충의군에서 이름을 떨쳤던 장군 아닌가? 귀호대장이라고 불렸다던가?"

황보강은 유모량이 저를 알고 있다는 데에 놀랐다.

모든 사람의 눈길이 황보강에게로 모였는데, 그가 충의군의 장군이었다니 그렇다.

이토록 젊은 사람이 장군이라고 불렸다는 것도 놀라우려니와, 유모량의 말대로라면 그중에서도 이름을 떨친 맹장이라는 것 아닌가.

"허, 역시 내력이 있는 친구였구만."

담사헌이 크게 고개를 끄덕이고 지그시 황보강을 바라보았다.

곁에 앉아 있던 당몽현이 껄껄 웃으며 솥뚜껑 같은 손으로 황보강의 어깨를 두드렸다.

"으허허허, 그놈들과 싸우는 걸 훔쳐보면서 역시 무언가 다른 데가 있는 사람이라고 여겼지. 특히 마상에서의 전투 솜씨가 돋보였거든. 그랬더니 과연 장군님이라 그러셨구만?"

고요히 앉아 있던 청목사의 용장보현이 아미타불을 부르고 나서 합장했다.

"이제 보니 귀하가 바로 귀호대의 대장이셨군요. 소승도 그 귀호대의 용맹을 들었습니다. 비록 궁벽한 곳의 사찰이지만 담을 넘어 들어오는 소문까지 막을 수는 없었지요."

달덩이 같은 얼굴에 환한 미소까지 띠고 황보강을 바라본다.

황보강은 저렇게 평온한 얼굴을 한 젊은 중이 어찌 그토록 염라부의 나찰처럼 싸웠던 건지 이해할 수 없어 혼란스러웠다.

그들은 악몽들이 떠난 후 모두 황보강을 따라 그의 숙소로 와 있었다.

하인들이 서둘러 내온 술과 고기를 배불리 마시고 먹은 후에 비로소 통성명을 했으니 다들 어지간히 배가 고팠던 탓이다.

"그런데 자네는 이런 곳에서 무얼 하고 있는 건가?"

여기저기를 두리번거리던 유모량이 알 수 없다는 듯 물었다. 황보강의 얼굴에 부끄러워하는 기색이 떠올랐다.

"잠시 몸을 의탁하고 있는 중입니다. 하지만 이제는 이곳도 떠나야 할 때가 된 모양입니다."

"어째서?"

"그놈들이 기어이 저를 찾아냈으니 다시 찾아올 것입니다. 그때는 다른 사람들까지 피해를 입게 되겠지요. 그렇게 되기 전에 제가 떠나는 게 옳은 일 아니겠습니까?"

"흠—"

유모량이 감탄했다는 듯 고개를 끄덕였고, 당몽현은 잔뜩 볼을 부풀리더니 나무라는 것처럼 말했다.

"뭐가 무서워서 달아나? 오는 족족 모가지를 뎅겅 잘라 버리면 그만이지. 쳇, 장군이었다는 사람이 그렇게 겁이 많아서야 원……."

무엇인가 깊이 생각하는 듯 내내 침울한 얼굴을 숙이고 있던 담사헌이 번쩍 고개를 들었다. 황보강을 노려보는 눈길이 찌르는 것 같다.

"세 가지 궁금한 게 있네. 물어보아도 되겠는가?"

"말씀하십시오."

"첫째로, 자네는 우리가 이곳에 온다는 걸 알고 있었다고 했네. 어떻게 알았지?"

황보강이 가볍게 웃고 나서 대답했다.

"한 사람에게서 들었습니다. 그가 그러더군요. 조만간 여러분이 이곳으로 찾아올 것이라고 말입니다."

"그 사람이 누구인가? 그는 어째서 우리가 이곳에 오리라는 걸 알고 있었지? 우리는 아무에게도 말하지 않았을 뿐 아니라 극히 은밀하게 이동했는데 말일세."

"여러분도 알고 계실 겁니다. 여러분과 같이 강호에서 이름을 얻은 사람이니까요."

"누구인가?"

"풍옥빈이라고 합니다."

"무엇이? 풍옥빈이라고?"

"어허! 그 사람도 여기에 있단 말인가?"

"아미타불, 아미타불……."

황보강의 입에서 풍옥빈이라는 이름이 나오자 담사헌은 물론 유모량과 용장보현까지 깜짝 놀라 탄성을 터뜨렸다. 당몽현만 눈을 멀뚱거리며 이 사람 저 사람을 바라보기 바쁘다. 그는 풍옥빈이 어떤 사람인지 아직 모르고 있었던 것이다.

담사헌이 급하게 말했다.

"그가, 정말 이곳에 있단 말인가? 그런데 우리 일을 어떻게 알고 있었지?"

"그는 성을 떠나 천호천산에 머물며 검법의 도를 수련하고 있지요. 그러는 중에 천기를 읽었다고 하더군요."

"천기라니? 아니, 그가 벌써 하늘의 일을 엿볼 수 있는 경지에까지 이르렀단 말인가? 허—"

담사헌이 의아하게 여기는 건 당연했다.

그는 풍옥빈과 마주쳐 본 적이 없지만 그의 이름만은 오래 전부터 들어 알고 있었다. 강호에서 그를 자신과 견줄 만한 검법의 종사로 꼽아주고 있다는 것도 잘 안다.

그랬기에 담사헌은 오래전부터 청목사의 도진 선사와 유모량 다음으로 풍옥빈을 마주치고 싶지 않은 자로 꼽고 있지 않았던가.

4 여섯 개의 별들 모이다

"당사자가 없는 자리에서 그의 말을 하는 건 떳떳치 못한 일이요."

문득 밖에서 낭랑한 음성이 들려왔다.

황보강이 반색을 하고 일어섰다.

"그가 왔습니다."

성큼 들어서는 사람은 과연 풍옥빈이었다.

유모량과 담사헌이 경계하는 눈으로 그를 바라보았고, 당몽현과 용장보현은 호기심으로 이리저리 훑어본다.

"말씀드린 풍 형입니다."

황보강이 모두에게 그를 소개하자 풍옥빈이 모아 쥔 손을 흔들며 점잖게 인사했다.

"풍옥빈이라고 하오. 여러 영웅들을 이렇게 한자리에서 뵙게 되니 감격스럽소이다."

이 세상에서 그를 무시할 수 있는 사람은 없다. 그가 인사를 차리는데 유모량이나 담사헌이라고 해도 외면할 수 없다.

그들이 느릿느릿 일어나 포권했다.

"유모량이외다."

"담사헌이라오."

"나는 당몽현이야. 들어보았겠지?"

당몽현이 당돌하게 턱을 빳빳이 치켜들고 불쑥 말했는데, 자리에서 일어나지도 않은 채였다.

그러나 풍옥빈은 노여워하지 않았다. 그가 그런 인물이라는 걸 잘 아는 것이다.

"소승은 청목사의 용장보현입니다. 아미타불."

마지막으로 용장보현이 일어나 합장하고 고개를 숙였다.

그를 바라보는 풍옥빈의 눈이 날카롭게 빛났다.

"다들 청목사의 사천왕이 대단하고 그중에 용장보현이 특히 대단하다고 하기에 누군가 했더니 당신이었군."

당몽현을 보고는 빙긋 웃었다.

"당 형제의 무용은 이 촌구석에서도 귀가 아프게 들어왔지. 이렇게 보니 과연 소문이 거짓이 아니었다는 걸 알겠어."

"쳇, 소문은 무슨. 나는 그러는 당신에 대해서 들어보지 못했어."

그가 여전히 퉁명스럽게 말했지만 풍옥빈은 빙긋 웃을 뿐 대꾸하지 않았다.

그들은 모두 대륙을 뒤흔들 만한 강호의 고수 중 고수이면서 종사라고 불리기에 부족함이 없는 사람들이다.

그런 사람 다섯 명이 이렇게 한자리에 모인다는 건 누구도 생각할 수 없는 기막힌 일이었다. 바로 이 자리가 천하에서 가장 강한 힘을 지녔으며, 그래서 가장 위험한 자리가 되었다고 해도 과언이 아니다.

그러나 황보강은 그런 것에 대하여 아직 실감하지 못하고 있었다. 그저 풍옥빈의 말이 신통하게 맞았다는 것과 그의 이야기를 들으며 동경하게 되었던 사람들을 이렇게 한꺼번에 손님으로 맞게 되었다는 게 기쁘고 신기할 뿐이었다.

좌중에 무거운 침묵이 흘렀다. 다들 풍옥빈을 경계하는 기색이었는데, 가장 연장자이면서 영향력이 큰 유모량 또한 마찬가지였다.

풍옥빈이 웃으며 말했다.

"여러 영웅들께서 이처럼 동행이 되어 이 궁벽한 촌에 온 것은 목적이 있어서이겠지요?"

대답하는 자가 없다.

"감추려 할 것 없소이다. 이미 다 알고 있으니까."

"당신이 어찌 안단 말이요?"

유모량의 질문에 풍옥빈이 가볍게 고개를 숙여 경의를 표

하고 말했다.

"여러분께서 두 자루의 보검을 찾고 있다는 건 이미 세상에 널리 알려진 소문 아니겠소? 그러니 이렇게 적송망에 온 것은 그 보물이 가까운 곳에 있기 때문이겠지요."

"흠—"

"자, 의심과 경계심은 다 털어버리고 호한들답게 화통하게 말해봅시다. 내 말이 틀렸소이까?"

"좋아, 좋아. 당신이 마음에 들려고 하는군."

당몽현이 불쑥 나서서 손뼉마저 치며 크게 말했다.

"영웅이라는 사람들이 이렇게 쩨쩨해서야 되겠어?"

유모량과 담사헌에게 한껏 눈을 흘겨주더니 탁자를 두드렸다.

"당신들은 모두 내가 보검이 감추어져 있는 곳으로 안내해주기만을 바라며 배고픈 강아지처럼 꽁무니를 졸졸 따라왔지."

"이놈! 말이 지나치다!"

담사헌이 날카롭게 소리쳤다. 그러나 무서워할 당몽현이 아니다.

"좋아, 호한답게 화통하게 말하겠다!"

부리부리한 눈으로 좌중을 훑어본다. 모든 사람이 그런 당몽현의 입을 뚫어지게 바라보았다. 긴장이 감돈다.

"저 풍 뭐라는 사람의 말대로야. 사문의 보검은 바로 이 근처에 있어."

"아!"

사람들이 일제히 탄성을 터뜨렸다.

"정말이냐? 어디에 있지?"

담사헌이 급하게 말하며 사방을 두리번거렸다. 당몽현이 비웃는다.

"흥, 당신은 설마 이 방 안에 그것이 숨겨져 있다고 믿는 건 아니겠지? 그렇다면 당신은 바보천치야."

담사헌이 그를 매섭게 노려보았지만 아무 말도 하지 않았다.

"천호천산에 있어."

"억!"

당몽현이 태연히 내뱉는 말에 이번에는 황보강 혼자서 크게 놀라 탄성을 터뜨렸다.

"천호천산이라니? 그게 정말이오?"

"쳇, 나는 호한이야. 거짓말 같은 건 안 해."

"아!"

다시 탄성을 터뜨린 황보강이 저도 모르게 풍옥빈을 바라보았다.

"풍 형은 알고 있었나요?"

의심스럽다는 듯 묻지만 풍옥빈은 의미심장한 미소를 지을 뿐 슬그머니 황보강의 눈길을 외면했다.

잠시 무거운 침묵이 흐른 뒤에 담사헌이 다시 황보강에게 물었다.

"첫 번째 궁금증은 이걸로 풀렸군. 이제 두 번째 질문을 하겠네."

"말씀하십시오."

"듣기로 자네는 대황국의 황성에서 친히 활을 쏘아 신성대제를 죽였다고 하더군. 뿐만 아니라 황후와 어린 공녀들까지 그렇게 했다던데 그게 사실인가? 사실이라면 그건 너무 잔인한 짓인데 도대체 왜 그랬는가?"

그 소문은 모두 들어 알고 있었다.

그가 신성대제를 위해 목숨을 걸고 모아합의 대군과 맞서 싸운 걸 세상이 다 안다. 그런 자가 제 손으로 황제를 죽였다는 건 이해할 수 없는 일이었다.

황보강의 얼굴에 비통한 기색이 가득해졌다.

그때의 일을 떠올리면 마음이 답답하고 무겁지 않을 수 없었던 것이다.

"어찌 그 일을 이 자리에서 한두 마디 말로 설명할 수 있겠습니까? 다만 그때의 상황에서는 그렇게 할 수밖에 없었습니다."

담담하게 하는 말속에는 진정이 깃들어 있었다. 제가 한 일에 대하여 구차하게 변명하려 하지 않으니 의연해 보인다.

"좋아, 당신은 마음에 드는군!"

당몽현이 탁자를 두드리며 크게 소리쳤다.

"사내라면 제가 한 일에 대해서 언제나 당당해야지! 죽여야 할 상황이라면 황제가 아니라 황제 할아비라도 죽이는 거야! 우물쭈물하면서 눈치나 보는 건 대장부다운 짓이 아니지! 통쾌하군, 통쾌해!"

'우물쭈물하면서 눈치나 본다'는 말은 모두에게 한 비난이나 다름없었다. 담사헌이 즉각 매섭게 그를 노려보고 나서 다시 말했다.

"마지막으로 묻겠네."

"그렇게 하십시오."

"광장에서 보았을 때 자네는 악몽이라는 놈들과 처음 조우한 게 아닌 것 같았네. 그들이 자네에게 찾아온 이유가 무엇이지? 그들은 떠나기 전 검을 빼앗기 위해서 다시 찾아오겠노라고 했는데, 그렇다면 그것 때문에 자네를 쫓고 있다는 것이겠지? 대체 어떤 사정이 있는지 알고 싶네."

그 말은 모두가 궁금하게 여기고 있는 것이었다. 그래서 황보강에게 주목한다.

잠시 곤란해하던 황보강이 한숨과 함께 입을 열었다.

"악몽이라는 것들과 저 사이에는 매우 복잡한 사정이 있는데, 지금 이 자리에서 다 말할 수도 없으려니와, 말한다고 해도 믿지 못하실 것입니다."

"좋네, 자네가 그렇다면 그런 것이겠지. 그 일은 천천히 듣기로 하고, 그럼 그들이 떠나기 전 언급했던 그 검에 대하여 말해주게."

"그것은 나운선인의 대제자인 단조영이라는 사람이 지녔던 두 자루의 검 중 하나입니다. 제가 신성대제를 죽여야 했던 그날 단조영은 그중 한 자루를 저에게 주었지요."

황보강의 말에 모두 깜짝 놀랐는데, 그건 풍옥빈 또한 마찬가지였다.

그가 크게 말했다.

"무엇이? 네가 가지고 있는 그 길쭉한 물건이 단조영의 검이었단 말이냐?"

그는 황보강이 헝겊으로 둘둘 만 물건을 소중히 간직하고 있다는 걸 아는 사람이었다. 그게 검일 것이라고 짐작은 하고 있었지만 나운선인의 대제자인 단조영의 검이었다니 놀라지 않을 수 없다. 다른 사람들 역시 그랬다.

"어디, 어디 좀 보자."

풍옥빈이 서둘러 재촉했다.

담사헌과 유모량은 물론 용장보현까지 관심을 보이지만 당몽현 한 사람은 태연했다. 이 세상에 아무리 귀한 보검이 있다 한들 제 사문의 그것만 하겠느냐는 생각에서일 것이다.

어쩔 수 없게 된 황보강이 다시 한숨을 쉬더니 다락에서 헝겊에 둘둘 말아두었던 검을 꺼냈다. 풍옥빈과 담사헌이 동시에 손을 내민다.

황보강은 그것을 풍옥빈에게 건네주었다. 담사헌보다는 그가 더 믿을 수 있었기 때문이다.

담사헌이 매우 아쉽다는 얼굴을 하고 풍옥빈의 손에 들린 검을 바라보았다.

모두의 관심 어린 눈길이 그것에 쏠렸다.

풍옥빈이 천천히 헝겊을 풀었다. 그리고 드디어 한 자루의 검이 완전한 모습을 드러냈다.

보통 검은 전체의 길이가 석 자쯤 된다. 긴 것은 넉 자인 것도 있으나 흔치는 않다. 풍옥빈이 들고 있는 검은 보통 검보다 조금 짧아서 두 자 반쯤 되었다.

흰 빛으로 은은하게 빛나는 오래된 가죽 검집은 특별한 문양도 없이 단순하고 깨끗했다.

검집을 장식한 고리며 입구의 아귀쇠와 끝을 감싼 코댕이는 황동으로 만든 것인데, 얼마나 오래되었는지 깊고 무거운 황금빛을 띠고 있었다. 상아로 만든 검 자루가 투명하도록 맑은 빛을 품고 있다.

풍옥빈이 잔뜩 긴장하며 천천히 검을 뽑다. 모두 숨을 죽이고 그것을 바라보느라 검신이 아귀쇠를 스치는 작은 소리가 천둥소리처럼 울렸다.

드디어 그것이 완전히 뽑혀 시퍼런 제 모습을 보였다.

흰 빛이 방 안에 가득해지고 무겁고 장중하며 서늘한 기운이 사방으로 뻗어나간다.

그것은 천하에 다시없을 보검이 틀림없었다.

"아!"

사람들이 일제히 탄성을 터뜨렸다.

풍옥빈이 손가락을 굽혔다가 가볍게 튕겨 검신을 두드렸다.

땡, 하는 맑은 검음이 은은히 울렸다.

방 안의 공기를 흔들고 여운으로 남았다가 사라질 때까지 음의 높낮이가 일정했다.

"아!"

풍옥빈이 또 다른 의미의 탄성을 터뜨렸다. 그리고는 눈싸움이라도 하듯이 검을 뚫어지게 바라보았는데, 그 표정이 심상치 않았다.

그건 눈을 부릅뜨고 검을 노려보는 담사헌도 그랬고, 유모량 또한 마찬가지였다.

그들의 얼굴이 점점 일그러졌다. 경악으로 눈자위가 파르르 경련을 일으킨다.

"용수신검!"

담사헌이 버럭 소리쳤다.

"뭐라고?"

그제야 당몽현도 번쩍 정신이 든 듯이 검을 바라보았다. 그리고 이내 찢어질 듯이 눈을 부릅뜬다.

풍옥빈이 검을 쥐고 그들 복판에 우뚝 섰다. 그에게서 장엄하고 엄숙하기 이루 말할 수 없는 기세가 구름처럼 피어올랐다.

"맞소. 이건 용수신검이 틀림없소. 과연 이것은 쇠를 두드려 만든 게 아니었소. 용의 정강이뼈를 깎아 만들었다는 게 전설이 아니었던 것이오."

"아!"

사람들이 다시 한 번 쥐어짜는 것 같은 탄성을 흘렸다. 당 몽현은 아예 넋이 나가서 멍하니 검을 바라보기만 했다.

검을 대하는 풍옥빈의 태도는 지극히 경건했다. 한참 그렇게 검신을 바라보던 그가 천천히 그것을 검집에 넣었다.

담사헌이 불쑥 손을 뻗었다.

"나에게도 그 검을 보여주시오."

"아니, 먼저 나에게 보여주시오."

뒤질세라 유모량 또한 손을 내민다.

풍옥빈이 근엄하고 차갑게 말했다.

"당신들은 감히 이 검을 빼앗으려는 건 아니겠지요?"

손은 아직 검 자루를 쥐고 있었다.

그런 채로 서서 싸늘하게 노려보는 그의 모습이 산악처럼 장중하다.

담사헌과 유모량은 감히 발작할 수가 없었다.

"으음—"

신음 소리 같은 탄식을 길게 뱉어내며 마지못해 손을 거두 지만 그들의 이글거리는 눈은 검에서 떠나지 않았다.

第七章
풍운(風雲)을 감춘 성(城)

1 풍옥빈의 비밀

"과연 네 자루의 검이 한곳에 모이리라는 말은 헛된 게 아니었구나."

풍옥빈의 중얼거림에 사람들이 모두 의아한 얼굴을 했다. 담사헌이 비웃듯이 묻는다.

"당신은 그 말을 누구에게서 들었소? 설마 하늘이 그렇게 말해준 건 아니겠지?"

그가 천기를 읽었다는 말을 믿고 싶지 않았다. 그건 담사헌 자신이 바로 그처럼 지극한 경지에 오르기를 꿈꾸고 있기 때문이었다. 풍옥빈이 저보다 앞섰다는 건 인정할 수 없다.

지극히 높은 도를 이룬 자 중에서도 천기를 읽고 헤아릴 능력이 있는 자는 드물다. 그런 능력을 지녔다면 가히 신선의 경지에 이르렀다고 해야 하리라.

풍옥빈이 그런 담사헌의 비아냥거림의 뜻을 안다는 듯 빙긋 웃었다.

"담 형은 부러워할 것 없소. 내가 어찌 천기를 읽을 만한 경지에 이르렀겠으며, 정말 그런 경지에 올랐다면 이곳에서 여러분과 이처럼 어울리고 있겠소? 벌써 월궁에 들어가 항아들과 노닥거리고 있겠지."

은근히 담사헌은 물론 모두를 비웃는 말이었다.

기분이 상한 유모량이 가볍게 코웃음을 쳤다.

"흥, 그렇다면 말해보시게. 대체 누구에게서 그와 같은 말을 들었는가?"

"신이지요."

"자네는 끝까지 우리를 희롱하려는가?"

"하하, 사실을 말할 뿐인데 믿지 않으면 할 수 없지만 내 말이 허언이 아니라는 걸 저 친구는 잘 알 것이오."

황보강을 가리킨다.

황보강이 떨떠름한 표정이 되어 애먼 저를 끌어들인 풍옥빈을 원망하듯 바라보았다.

풍옥빈이 천역덕스럽게 말했다.

"천호천산에 있는 신인데, 호신이라오. 그놈에게서 들었답니다. 그런데 이처럼 여러분이 이곳에 모였으니 네 자루의 신검이 모두 나타날 것이라는 예견 또한 사실이지 않겠소?"

"호신이라고요?"

황보강이 깜짝 놀랐다.

"그렇다. 너도 그놈에게서 들은 말이 있을 텐데?"

"아!"

황보강은 풍옥빈이 그 일을 어떻게 알며, 어떻게 호신과 교감했는지 놀랍기만 했다.

그러나 내막을 모르는 다른 사람들은 더욱 어리둥절해지기만 했다.

"호신이라니? 호랑이 말인가?"

어느 산에나 호랑이는 있고, 그것을 두려워하는 사람들은 흔히 그놈을 호신이라고 부르며 경외한다.

천호천산이 높고 깊은데 호랑이가 어찌 없을 것인가.

하지만 그것이 아무리 용맹하고 흉포하다고 해도 짐승일 뿐이다. 그리고 이곳에 있는 사람들 중 호랑이를 두려워할 사람은 아무도 없다.

당몽현이 즉시 '홍' 하고 코웃음을 쳤다.

"호랑이는 고양이보다 조금 더 큰 짐승일 뿐이지 그게 무슨 신이야? 이제 보니 당신은 겁쟁이였군?"

그러나 황보강이 받은 충격은 그렇지 않았다.

"풍 형, 도대체 어떻게 된 일입니까? 정말 호신과 교감했단 말입니까? 어떻게……."

"그날, 네가 그랬던 것처럼 나 또한 그놈과 직면했지. 그리고 비로소 그놈이 정말 호신이라는 걸 알 수 있었다."

"아!"

"그놈은 나에게 말했지. 언젠가 네 손에 죽기 위해서 너를 찾아갈 것이라고 말이다. 그리고 그날이 제가 너와 한 몸이 되는 날이라고 하더군. 완성을 뜻하는 거지. 그렇게 되면 비로소 너는 경계를 뛰어넘어 신계의 일들을 볼 수 있을 것이라고 했다."

다들 어리둥절해서 풍옥빈을 바라보았다. 어느덧 그의 안색은 어느 때보다 근엄하고 경건하게 변해 있었다. 황보강의 놀란 모습과 대조적이다.

황보강은 그날 그가 검은 호랑이로 보였던 일을 다시 떠올렸다.

백호가 사라진 자리에 불쑥 나타났던 풍옥빈은 확실히 크고 무서운 흑호였다.

풍옥빈의 말에 가장 놀란 사람은 유모량이었다. 하지만 그는 조금도 내색하지 않았다. 남몰래 황보강을 훔쳐보는 눈길이 음침하게 번쩍였다.

담사헌은 이제 심각한 얼굴을 하고 있었다. 고개마저 조금 숙인 채 무엇인가를 골똘히 생각하고 있다.

낮게 아미타불을 몇 차례 중얼거린 용장보현이 사뭇 긴장한 음성으로 물었다.

"풍 시주께서는 그 호신의 말을 들었기에 우리가 이곳에 모이리라는 걸 알고 계셨던 것이로군요?"

"그렇다네. 호신이 장차 일어날 몇 가지의 일을 말해주고 떠났는데, 그중 하나가 바로 오늘이 오리라는 것이었지."

당몽현이 콧물이 튈 정도로 콧방귀를 뀌었다.

"흥, 흥! 무슨 개소리람. 다들 정신이 나갔구나. 호신이 어디 있어? 그런 게 있다면 한주먹에 때려잡아서 구워 먹고 말테다."

아랑곳하지 않고 용장보현이 다시 물었다.

"그렇다면 네 자루의 신검이 모일 것이라는 말도 그 호신이 해준 예언입니까?"

"예언이라기보다 예견이라고 해야겠지. 그는 나에게 확실히 그 광경을 보여주었다."

"아!"

그가 용수신검을 번쩍 들어 보이며 자신있게 말했으므로 다들 놀란 외침을 터뜨렸다.

용장보현이 거듭 아미타불을 중얼거린다.

유모량이 음침한 눈길을 거두고 급히 물었다.

"그럼 누가 그것을 갖게 될지도 자네는 이미 알고 있단 말인가? 그게 누구지?"

풍옥빈이 흐흥, 하고 코웃음을 쳤다.

"신검은 네 자루이고 우리는 여섯 명이오. 잘 생각해 보면 누가 그것을 얻게 될 것인지 알 수 있지 않겠소?"

"한 자루는 이미 당신의 손에 들어갔으니 남은 건 세 자루뿐이지."

담사헌의 말에 풍옥빈이 아무 망설임 없이 그것을 황보강에게 돌려주었다.

"잘 간직해라. 이것을 노리는 자는 악몽들만이 아니야. 강호의 고수라는 것들은 악당은 물론, 정인군자연하는 자도 죄다 노리고 있다. 그것을 빼앗기 위해서라면 너를 죽이는 짓도 서슴없이 할 것이다."

황보강은 그 말이 담사헌과 유모량을 두고 하는 말이라는 걸 짐작했다. 그래서 어리둥절해진다.

담사헌이라면 모르지만 유모량도 그럴 것이라는 말을 선뜻 받아들이기 힘들었던 것이다.

그의 의젓한 풍모는 물론이려니와, 그가 오래전부터 대협이라고 불렸다는 걸 생각하면 풍옥빈의 말이 지나치다고 생각할 수밖에 없었다.

유모량이 기어이 노기를 띠고 말했다. 풍옥빈에 대해 적개심마저 갖고 있다는 게 그의 말투에서 드러났다.

"흐흥, 누가 신검을 갖게 될 것인지는 두고 보면 알겠지. 자, 그러면 그것이 어디에 있는지 말해봐라."

풍옥빈이 싸늘하게 대꾸했다.

"그건 저기 당 형제에게 물어봐야지 왜 나에게 묻는 거요?"

당몽현이 하품을 했다. 지겨워 못 견디겠다는 걸 온몸으로 보여주면서 의뭉을 떤다.

"여기까지 데리고 왔잖아. 게다가 신검이 빌어먹을 천호천산에 감추어져 있다는 것까지 가르쳐 줬으면 됐지 뭘 더 원하는 거야? 정 궁금하면 호신한테 가서 물어봐."

모두에게 말하는 것 같았지만 사실 유모량에 대한 빈정거림이었다. 그걸 눈치채지 못할 유모량이 아니다.

그가 기어이 벌컥 화를 냈다. 아무도 저를 위해 나서주는 사람이 없으니 더욱 노여움을 탄다.

"너희들이 모두 한통속이 되어서 나를 놀려대는구나! 내가 그렇게 만만한 사람으로 보인다는 거냐?"

"겁쟁이 늙은이지, 뭐."

"뭐라고?"

즉각 내뱉는 당몽현의 말에 유모량이 수염을 부르르 떨었다. 그를 노려보는 눈길에 살기마저 어린다.

그러나 당몽현은 거침이 없었다.

"그렇지 않다면 왜 광장에서 악몽이라는 놈들과 싸우지 않았어? 그놈들을 보자마자 어디론가 재빨리 숨어버리더군. 내내 코빼기도 보이지 않더니 싸움이 끝나갈 때에야 어슬렁거리며 나타났지. 그리고선 거드름만 피웠다. 흥, 겁이 나지 않았다면 왜 그랬겠어?"

그의 말은 담사헌은 물론 용장보현의 가슴을 시원하게 해주었다.

　그들은 사실 악몽들과의 싸움에서 유모량이 슬그머니 빠진 걸 서운하게 여기고 있었던 것이다. 신검을 찾을 때까지 서로 힘을 모으기로 했으면서 정작 힘이 필요할 때는 외면했으니 그렇다.

　유모량은 아무 말도 할 수 없었다.

　그날 새벽 무렵.

　각자 침실로 정해진 방에 들어가 고단한 잠에 빠져 있을 때 한 사람이 황보강의 방으로 숨어들었다.

　새벽의 어둠 속에 우뚝 서서 침상을 노려본다.

　황보강은 깊은 잠에 빠져 있었다. 낮게 코 고는 소리를 듣고 있던 그자가 조금씩 다가갔다.

　그렇게 두 걸음을 떼어놓았을 때 황보강의 코 고는 소리가 뚝 멎었다.

　천천히 일어나 앉는 것이 조금도 놀라거나 당황한 기색이 없었다. 마치 그가 찾아오기를 기다리고 있었다는 것 같다.

　그가 누구인지 알아본 황보강이 살짝 눈살을 찌푸렸다.

　"의외로군요. 나는 유 대협이 찾아올 줄 알았습니다."

　"그가 왔다면 벌써 자네의 목숨을 빼앗았겠지."

　"당신은 그럴 생각이 없단 말입니까?"

　"그럴 작정이었다면 너는 이미 싸늘한 주검이 되어 거기 누워 있을 것이다."

빙긋 웃은 황보강이 옷깃을 여미고 침상에서 내려왔다.

"그렇다면 당신이 나를 찾아온 건 호의에서이겠군요."

새벽의 불청객은 담사헌이었다.

그가 뚫어질 듯 황보강을 바라보았다. 무언가 할 말이 있는 모양인데 좀체 말을 꺼내지 못하고 망설인다.

"말하지 않으면 당신의 흉중에 어떤 생각이 있는 건지 나는 조금도 알 수가 없습니다."

그 말에 담사헌이 한숨을 쉬고 나서 말했다.

"한 가지 부탁을 하려고 왔다."

"부탁?"

황보강이 머리를 갸웃거렸다. 담사헌은 매우 수치스러운지 얼굴을 일그러뜨리고 있었다.

황보강은 그의 자존심을 건드리고 싶지 않았다. 탁자로 인도해 마주 앉아 차를 준비하는 동안 아무 말도 하지 않았다.

화덕에서 뜨거운 물이 담긴 주전자를 꺼내오고 찻잔을 씻어 찻잎을 띄우는 동작이 침착하기만 하다. 담사헌 역시 말없이 그런 황보강의 행동을 지켜보기만 했다.

"그 검 때문입니까?"

찻잔을 밀어주며 황보강이 비로소 말을 꺼냈다.

담사헌이 고개를 끄덕이는 걸로 대답을 대신했다.

"말씀드렸듯이 그건 단조영이라는 분이 저에게 잠시 맡겼을 뿐, 제 것이 아닙니다. 원하신다고 해도 드릴 수가 없군요."

"내가 아무리 그 검을 필요로 한다고 해도 억지로 빼앗아 갈 만큼 파렴치한 자는 아니다."

"……."

"그러나 나에게는 용수신검이 꼭 필요하다."

"그렇다면 천호천산 어딘가에 있다는 그것을 반드시 찾아야겠군요."

"그곳에 숨겨진 두 자루의 검은 내 사문의 보물이지만 나는 가질 수 없다."

"어째서 그렇습니까?"

"그건 당몽현이 가지고 사문으로 돌아가야 옳다."

"그 말씀은……."

"처음에는 내가 차지할 작정이었다. 내 사문의 물건이니 내가 갖는다고 누가 뭐라고 하지 못하겠지. 하지만 이곳까지 오는 동안 마음이 바뀌었다. 역시 나보다는 당몽현이 사문의 적통을 이어받아야 할 자라는 걸 인정한 거지. 그러니 신검은 그놈이 가지고 육화봉으로 돌아가야 할 것이야."

그의 침통한 얼굴을 물끄러미 바라보던 황보강이 빙그레 웃었다.

"당신은 소문처럼 그렇게 음흉하고 무자비한 악당이 아니로군요."

2 갈등

그때 또 한 사람이 어둠 짙은 거리에서 누군가를 기다리며 서성이고 있었다.

흰 머리카락과 수염이 새벽어둠 속에서 반짝였다.

유모량이다.

내성의 거리 또한 새벽어둠 속에 깊이 침몰해 있고, 외성의 광장에서와 마찬가지로 살아 있는 것들의 흔적조차 찾을 수 없을 만큼 적막했다.

유모량은 그것이 무엇인지 잘 알고 있었다.

그가 올 때의 분위기이고 어둠인 것이다.

그리고 그는 지금 그를 기다리며 그 어둠 속을 서성이고 있는 중이었다. 적막을 밟고 있다.

따각따각 하는 단조로운 말발굽 소리가 들려왔다. 어둠 저쪽에서 다가오는 존재의 신호음이기도 하다.

유모량이 잔뜩 긴장하여 바라보는 중에 검은 말과 검은 무사의 모습이 조금씩 어둠을 벗으며 나타나고 있었다.

한 사람이었다.

칙칙하게 번쩍이는 검은 갑주와 투구를 쓰고 검은 말 위에 앉아 있는 커다란 체구의 검은 무사.

유모량은 한눈에 그가 얼마 전 용호보로 암흑존자를 수행해 왔던 두 명의 무장 중 한 명이라는 걸 알아보았다.

특이하도록 큰 몸집을 보았고, 그가 두르고 있는 무겁고 거친 기운을 느꼈기 때문이다.

의외였다.

하긴, 암흑존자는 이런 곳에 나타나지 않는다. 그러므로 마음속에 그들의 호출 신호가 떨어졌을 때 암흑존자가 몸소 찾아올 것이라고 믿지는 않았다.

그래도 단 한 명의 무장이라니 의외이기는 하다.

다가온 검은 말이 유모량과 이마를 맞대고 섰다. 무장은 여전히 말 위에서 내려다볼 뿐 내려오려고 하지 않았다.

유모량이 눈살을 찌푸렸다. 기분이 상한다. 하지만 그런 내색을 할 수야 없지 않은가.

"검은?"

머리 위에서 웅얼거리듯 웅웅 울리는 음성이 들려왔다. 유모량이 더욱 깊이 눈살을 찌푸렸다.

'건방진 놈.'

속으로 이를 갈지만 역시 노여움을 내색하지 못한다.

"아직 손에 넣지 못했소."

"황보강이 이곳에 있다지?"

"그렇소."

"그에게 두 자루의 검이 있을 텐데?"

"응?"

의외의 말에 유모량이 비로소 고개를 들어 말 위의 검은 무장을 마주 보았다.

"그는 한 자루의 검을 지니고 있을 뿐이었소."

"틀렸어. 그에게는 두 자루가 있어."

"정말이요? 그렇다면 그가 우리를 속였단 말이요?"

그 말에 검은 무사는 대답하지 않았다. 우흐흐흐, 하고 음침한 웃음을 흘릴 뿐이다.

"그는 잘 있나?"

"응?"

다시 의외의 말이다.

유모량은 그가 누구를 묻는 건지 얼른 알아들을 수 없어서 어리둥절했다.

"황보강 말이다. 망각의 수하들과 싸웠다고 들었다. 무사한가?"

더욱 어리둥절할 수밖에 없다. 그가 왜 하필 황보강을 거론한단 말인가? 왜 그의 안부에 관심을 갖는단 말인가?

유모량이 잔뜩 곤혹스러운 얼굴을 갸웃거리며 말했다.

"그렇소. 무사하오."

"흐흐, 그래야지."

"그는 우리 못지않게 무서운 자요. 스스로는 그것을 드러내지 않기 위해 애쓰는 것 같지만 끝까지 속일 수는 없지. 그런데 당신이 그에게 관심을 갖는 건 무엇 때문이오?"

"네가 늙더니 겁이 없어지는 모양이구나. 감히 나에게 질문을 하다니."

우르르르―

유모량은 산이 흔들리는 것 같은 기운의 진동을 느꼈다. 검은 무사가 노여움을 드러내자 그 거대한 어둠의 기운이 해일이 되어 쏟아져 들어온다.

유모량이 창백하게 질린 얼굴로 두어 걸음 물러섰다.

'두려워하면 안 된다. 이놈은 나의 두려움을 양식으로 삼는 놈이다.'

그렇게 생각하지만 본능적으로 움츠러드는 건 어쩔 수 없었다. 목숨의 위험을 느끼자 저절로 그렇게 된다.

유모량은 악몽이라는 것들이, 불쑥불쑥 저를 찾아와 괴롭히는 심마라는 것들이 바로 자신의 두려움을 먹고 더 커지는 존재라는 걸 잘 알고 있었다.

눈앞의 검은 무사도 마찬가지일 것이다.

그를 두렵다고 여기자 점점 어둠의 기운이 커지고 있는 것만 보아도 그렇다.

하지만 두려워하지 않을 수 없었다.

그의 기운이 커지고, 그것이 죽음의 힘이라는 걸 느끼자 두려움이 더 깊어진다.

우우우― 하고 어둠이 진동하는 소리가 가슴을 무너뜨리

고, 저승의 탄식 소리가 정신을 사뭇 흔들어댔다.

"으음—"

쥐어짜듯 신음하는 유모량의 얼굴이 백짓장처럼 창백해졌다. 굵은 땀을 뚝뚝 떨어뜨리고 있다.

'이건 지독한 놈이다.'

눈앞의 검은 무사가 그 어떤 놈보다 지독하고 무서운 자라는 걸 뼈저리게 느끼지 않을 수 없었다.

유모량은 어쩌면 이놈이야말로 암흑존자 다음으로 무시무시한 존재일지 모른다고 생각했다. 영혼을 흔들어대는 두려움 속에서도 대체 누구인지 궁금해진다.

그러나 그는 감히 당신은 누구냐고 물어볼 수 없었다.

검은 무사가 자신의 기운을 거두어들였다. 유모량이 비로소 길게 한숨을 내쉬고 어깨를 폈다.

"존자께서 말씀하신 기한을 잊지 않았겠지?"

"그렇소. 아직 석 달이 남아 있다는 걸 잘 알고 있소."

"그 안에 두 자루의 검을 가져오지 못하면 그때는 내가 직접 너의 목을 쳐서 끌고 가겠다."

유모량이 다시 긴장으로 몸을 굳혔다.

그는 검은 무사의 말이 허풍이 아니라는 걸 느낄 수 있었다. 말할 수 없이 큰 적개심이 느껴지는 것이어서 두려운 한편 의아해졌다.

'이자가 왜 나에게?'

$$* \qquad * \qquad *$$

"그건 안 된다."

불쑥 뛰어든 풍옥빈이 싸늘하게 말했다.

담사헌의 얼굴이 수치심으로 붉게 달아올랐고, 황보강은 그의 갑작스런 등장에 놀랐다.

풍옥빈이 한쪽에 서서 차가운 눈으로 담사헌을 노려보며 말했다.

"담 형은 염치도 없구려. 어떻게 그 검을 탐낼 수 있단 말이요?"

"이건 네가 상관할 일이 아니다."

담사헌이 노여움을 감추지 않고 말했다. 황보강에게 사정하는 것만도 자존심이 몹시 상하는 일이었는데 풍옥빈이 그 말을 엿들었다고 생각하자 부끄러움이 화로 변했다.

자연히 말투마저 냉랭하게 변한 것이 풍옥빈에 대한 적개심을 그대로 드러냈다.

풍옥빈은 두려워하지 않았다. 가볍게 코웃음을 치고 오히려 한 걸음 다가섰다. 여차하면 일전도 불사하겠다는 마음이 읽힌다.

"검에 대한 상의를 하려는 것이라면 나에게도 참견할 자격이 있지 않겠소이까?"

"이건 너와 상관없는 일이다. 끼어드는 걸 허락하지 않겠다."

"저 친구는 아직 강호의 생리를 모르고, 마음이 후덕하여 자칫 담 형의 꾐에 넘어갈 수 있소. 그렇게 되면 후회해도 소용없지."

풍옥빈은 완강하다. 그를 무섭게 노려보던 담사헌이 황보강에게 말했다.

"나에게 그것이 얼마나 필요한 건지는 이미 충분히 말했다고 여긴다."

황보강이 고개를 끄덕였다.

"그렇습니다. 현재로서는 이곳에 있는 누구보다 담 선배의 사정이 더 절실하다는 걸 인정합니다."

"그의 말에 현혹되지 마라."

풍옥빈이 다급하게 말했지만 이제 담사헌은 그를 상대하지 않았다.

"너에게도 그 검은 소중할 터. 좋다, 그것을 빌려준다면 그만한 대가를 주겠다."

"무엇입니까?"

"네가 원하는 걸 한 가지 들어주지."

황보강이 대답하려는데 밖에서 코웃음 치는 소리가 들리더니 용장보현과 당몽현이 성큼 들어왔다.

당몽현이 대뜸 눈을 부라리며 버럭 소리쳤다.

"늙은 사숙, 부끄러운 줄을 알아야지! 나에게 안 될 것 같으니까 이제는 엉뚱한 사람에게 달라붙을 셈인가?"

"이놈, 뭐라고 지껄이는 것이냐!"

담사헌의 노기가 충천했다. 이렇게 모두 알아서야 일이 틀어져 버렸다고 여긴 것이다. 걷잡을 수 없이 화가 난다.

3 황보강의 결정

황보강은 담사헌이 고질병인 수면병을 치료하기 위해서 신검의 힘을 빌려 쓰기 원한다는 걸 알았다.

검의 기운을 빌어 마음속 깊은 곳에 도사리고 있는 심마를 베어버린다는 건데, 어떻게 할 것인지 그 방법이야 알 수 없다.

담사헌이 그처럼 신검을 원하는 이유가 탐욕 때문이 아니라는 데에 연민이 생기지 않을 수 없었다.

그의 갈등을 눈치챈 풍옥빈이 다시 말했다.

"그 검은 매우 중요한 것이다. 잘못 쓰인다면 세상에 커다란 화가 될 것이야. 너의 판단에 따라 세상이 바뀔 수도 있다는 걸 명심해라."

담사헌이 무섭게 풍옥빈을 노려보았으나 극한의 인내심으로 참고 나서 더욱 간절하게 말했다.

"나의 말은 조금도 거짓이 아니네. 나는 오직 자네에게 내 진심을 말했을 뿐이야."

묵묵히 생각에 잠겨 있던 황보강이 결심한 듯 담사헌을 똑바로 바라보았다.

"내가 원하는 걸 한 가지 들어준다고 하셨습니다."

희망을 본 담사헌이 크게 고개를 끄덕였다.

"그렇다네. 무엇이든 들어주겠네. 자네는 나에게 석 달간만 그 검을 빌려주면 되네. 그 뒤에는 반드시 돌려줄 것을 다시 한 번 약속하지."

"분명 무엇이든지라고 하셨습니다. 그 말을 잊지 않으시겠지요?"

"이곳에 있는 자들 모두가 증인일세."

"좋습니다. 보물이란 그것을 정말 필요로 하는 사람에게 가 있어야 빛을 보는 거지요."

벌떡 일어선 황보강이 침상으로 다가갔다. 요를 들추더니 그 안에서 검을 꺼내 온다.

용장보현과 당몽현이 앞을 가로막았다.

"아미타불. 황보 시주님은 다시 한 번 생각해 보시는 게 좋겠습니다."

"이 빌어먹을 놈아! 네가 네 물건을 누구에게 주든지 말든지 내가 상관할 일은 아니다! 하지만 만약 그 검으로 인해 나에게 화가 미친다면 그때는 절대로 용서하지 않을 테다! 네 목을 비틀어서 뽑아버리고 말겠어!'

"내가 내린 결정에 대한 책임은 언제든지 지겠소."

황보강이 그들을 밀치고 담사헌에게 다가갔다.

"받으십시오. 나는 담 선배를 믿겠습니다."

"고맙네. 정말 고마워. 신세진 걸 잊지 않음세."

검을 받아 드는 담사헌의 손이 감격과 기쁨으로 와들와들 떨렸다.

"피는 피로, 신의는 신의로 갚는 게 장부가 해야 할 일이지."

담사헌은 황보강이 저를 믿고 소중한 검을 내준 데 대해서 감격했다. 역시 그를 핍박하기보다 자존심을 버리고 사정하기를 잘했다는 생각에 흐뭇해지기도 한다.

그가 모두에게 말했다.

"나는 이제 떠나겠다. 용수신검 한 자루를 얻었으니 더 이상 필요없어."

"정말이야?"

당몽현이 눈을 부릅뜨고 그를 바라보았다. 왠지 서운해하는 것 같은 얼굴이었다.

담사헌이 그에게 엄숙하게 말했다.

"사숙이라고 내세우기가 무엇하다만, 그래도 너에게 한마디 하지 않을 수 없다."

"죽이지 말아달라고 사정할 거면 그만둬. 아무리 사정해도 나한테는 통하지 않는단 말이다. 쳇, 나는 누구처럼 물러터진 얼간이가 아니거든."

황보강을 흘겨보는 건 그가 검을 담사헌에게 내준 게 못마땅한 탓이다.

담사헌이 꾸짖었다.

"헛소리 그만하고 내 말을 잘 들어라."

"뭔데?"

"너는 곧 사문의 보검 두 자루를 찾게 되겠지."

"물론이지."

"그중 한 자루는 내 몫이라는 걸 인정해라."

"쳇, 한 자루를 가졌으면 됐지, 무슨 욕심이 그렇게 아귀 같담."

투덜거리지만 강하게 부정하지는 않았다.

담사헌이 말을 계속했다.

"처음에는 너를 죽여서라도 두 자루의 검을 모두 차지하려고 마음먹었다."

"흥, 그러고도 남았을 사람이지, 뭐. 안 그랬으면 나를 그렇게 쫓아다녔겠어?"

"하지만 그게 어렵다는 걸 알았지."

"내가 그렇게 만만한 사람이 아니거든."

당몽현이 마치 칭찬을 듣기라도 한 것처럼 어깨를 으쓱댔다. 담사헌이 피식 웃었다.

"지금이라도 마음만 독하게 먹는다면 너를 죽이지 못할 것도 없지."

"뭐야, 그럼 해보겠다는 거야? 나는 하나도 겁나지 않는다!"

당몽현이 버럭 소리치고는 옷소매를 둥둥 걷어 올렸다. 당장 싸워보자는 것 같다.

담사헌이 고개를 설레설레 흔들었다.

"그러나 이곳까지 동행하는 동안 많은 생각을 했다. 그 결과 나는 역시 너를 죽일 수 없다는 걸 깨달았다."

"자신이 없으면 그렇다고 솔직하게 말해도 돼."

"나는 한 번도 사문을 위해 공을 세워본 적이 없고, 너에게 사숙으로서의 사랑을 베풀어준 적도 없다. 하지만 사문이 사라지는 건 원치 않는다. 그러니 어찌 너를 죽일 수 있겠느냐? 사형에게 못되게 굴었던 것도 이제야 깊이 뉘우쳤으니 뒤늦게 철이 든 건지도 모르지."

당몽현은 더 이상 말대꾸하지 않았다. 담사헌의 안색이 엄중하기도 했으려니와, 무엇보다 그의 말에서 진심이 느껴졌기 때문이다.

"나는 네가 사문의 적통을 이어받기 원한다. 만약 그것을 방해하는 자가 있다면 먼저 내 검의 무서움을 맛보아야 할 것이다."

"그럼 더 이상 나를 귀찮게 하지 않겠다는 거요?"

"한 가지 부탁할 게 있다. 사숙으로서 너에게 명하는 것이기도 하다."

"그게 뭔데?"

"검을 찾거든 그중 한 자루를 용호방주 유모량에게 주어라."

"뭐라고? 내가 왜 그 늙은이에게 검을 줘? 싫소! 그렇게는 못해!"

"나는 그에게 약속했다. 검을 차지하게 되면 한 자루를 나누어 주겠다고 말이다. 그러니 너는 내 대신 그 약속을 지켜 주어야 한다. 한 자루는 내 몫이니 그걸 그에게 주는 것이다. 사문을 계승할 자로는 너 혼자뿐이니 한 자루의 신검만으로도 충분해."

당몽현이 잔뜩 인상을 썼다. 끙끙대는 것이 심각하게 고민하는 기색이 역력했다.

"네 사부가 야단을 치면 내 말을 전하면 될 것이다."

"뭐라고 한단 말이오?"

"담사헌이 사형에게 지은 과거의 죄를 깊이 뉘우칠 뿐 아니라, 허락해 준다면 다시 사문으로 돌아가 직접 사형 앞에 무릎을 꿇고 죄를 빌겠다고 말이다. 그때는 어떤 벌을 내리더라도 달게 받겠다."

"죽일지도 모르는데? 사부는 힘이 없어서 못할지 모르지만 나한테 당신을 죽이라고 할 거야. 그러면 내가 죽일 텐데 그래도 괜찮단 말이야?"

"그게 사형의 뜻이라면 기꺼이 네 손에 목숨을 맡기마. 하지만 그전에 너는 내 대신 약속을 지켜주어야 한다. 그래야 세상 사람들이 우리 육화 문하가 거짓말이나 하는 사악한 놈들이라는 욕을 하지 못할 것 아니겠느냐? 사문의 명예가 어찌 검 한 자루보다 못할 것이냐?"

당몽현이 다시 심각하게 고민을 했다.

사문에 두 자루의 신검이 있으니 담사헌이 한 자루를 제 몫이라고 주장해도 할 말이 없다.

그걸 엉뚱한 사람에게 주어야 한다는 게 왠지 속는 것 같은 기분이 들었다.

그러나 담사헌이 제 몫을 가져가서 내주나, 제가 그를 대신하여 '옜다, 가져라' 하고 던져 주나 뭐가 다를 것인가 하는 생각도 든다.

"좋아! 그렇게 하지!"

당몽현이 주먹으로 제 손바닥을 딱, 치면서 소리쳤다.

"까짓, 검 한 자루 없다고 사문이 거덜 나는 것도 아닌데, 뭘. 하긴, 워낙 거지 같은 사문이라 거덜 나고 말고 할 것도 없긴 하다."

"고맙다."

담사헌이 환하게 웃었다.

"석 달 후 돌아와 황보 형제에게 검을 돌려주고 나면 사문으로 돌아가겠다. 그때에 보자."

다른 사람들에게는 눈길 한 번 주지 않고 방을 나가더니 이내 담을 넘어 사라져 버렸다.

"휴, 너는 큰 실수를 했다. 너의 자비심이 어쩌면 조만간 화가 되어 돌아올지도 모르겠구나."

그가 보이지 않게 되자 풍옥빈이 그렇게 한탄했다.

그러나 황보강은 태연했다.

"나는 그를 믿겠습니다. 믿음보다 큰 힘은 없지요. 그는 반드시 신의를 지킬 것입니다."

"어떻게 확신하지?"

"내 믿음이 그렇게 만들어줄 테니까요."

용장보현이 낮게 아미타불을 외웠고, 당몽현은 아직도 무엇을 생각하는지 멍한 눈길을 허공에 두고 있었다.

"무엇이? 그가 검을 가지고 떠났다고?"

뒤늦게 황보강의 방에 찾아온 유모량이 크게 놀라 소리쳤다.

"너는 그가 어떤 자인지 모른단 말이냐? 그에게 검을 주다니! 이거야말로 호랑이에게 날개를 달아줘서 산으로 보낸 것과 다름없구나."

크게 탄식한 그가 발을 굴렀다.

"너는 그가 어떤 자인지 소문도 듣지 못했단 말이냐?"

황보강이 태연히 말했다.

"알고 있습니다."

"알면서 그런 짓을 해?"

"크게 선한 자나 크게 악한 자나 한 가지 공통점을 가지고 있지요. 그건 배포가 그만큼 크다는 것입니다."

"무슨 소리냐?"

"나는 담 선배가 고작 검 한 자루 때문에 신의를 저버리지 않을 것이라고 믿습니다."

"너는 통이 크고 담대해서 인간사에 구애받지 않는 호걸인지, 저 당몽현이라는 놈보다 더 미련하고 바보 같은 자인지 모르겠구나."

"뭐라고? 늙은이, 네가 지금 나를 욕한 것이냐?"

그때까지도 멍하니 허공만 바라보고 있던 당몽현이 즉각 주먹을 움켜쥐고 소리쳤다.

이곳까지 동행해 오는 동안 그의 말투가 그렇고 성정이 거칠다는 걸 익히 아는 유모량은 다시 탄식할 뿐 상대하려 하지 않았다.

풍옥빈이 유모량과 당몽현 사이에 끼어들며 말했다.

"원래 대지(大知)는 대우(大愚)라고 하지 않았습니까? 황보 형제에게는 그 말이 꼭 맞을 것입니다."

"두고 보면 알겠지. 그가 과연 크게 지혜로운 자인지, 아니면 크게 어리석은 자인지."

유모량이 머리를 설레설레 흔들고 돌아섰다.

4 나를 길들이는 자

새벽녘에 황보강의 거처에 손님들이 왔다는 보고를 들은 성주 나하순은 근심하지 않을 수 없었다.

모두가 강호의 인물들이고, 하나같이 뛰어난 고수 아닌 자가 없어 보인다니 그렇다.

나하순은 그와 같은 자들이 무슨 속셈으로 아무런 말도 없이, 허락도 받지 않고 그처럼 제 성에 들어왔으며, 황보강의 거처에 들어간 건지 의심하지 않을 수 없었다.

그래서 날이 밝기가 무섭게 집사를 보냈지만 그가 찾아갔을 때 그곳에는 황보강 혼자 남아 있을 뿐, 다른 자들은 이미 어디론가 떠나고 없었다.

"성주께서 낯선 손님에 대해 궁금하게 여기시네."

집사의 말 속에서 황보강은 성주의 의도를 읽었다.

"별일 아닙니다. 그들은 따로 볼일이 있어서 잠시 찾아왔을 뿐, 곧 떠났으니 근심하지 말라고 전해주십시오."

"내 말에는 역정만 내실 뿐이니 황보 장사가 직접 성주를 뵙고 말해주지 않겠나?"

"그러지요."

황보강은 대수롭지 않게 생각했다.

그러나 성주와 대면하자 그게 아니라는 직감이 들었다. 나하순의 얼굴에 불만이 가득했던 것이다.

"잘 지내고 있나? 부족한 건 없는가?"

퉁명스럽게 묻는다. 황보강이 고개를 끄덕였다.

"덕분에 호사하고 있습니다."

"듣자 하니 간밤에 손님들이 다녀갔다고 하던데?"

외성의 광장에서 있었던 그 소란에 대해서는 아무것도 모르는 것 같아 의아했다.

그건 성주뿐만 아니라 성내의 사람들 모두가 그런 것 같았다. 마치 광장에서 벌어졌던 지난밤의 그 요란하고 끔찍했던 싸움은 꿈속의 일인 것만 같았다.

황보강은 오히려 잘된 일이라고 안도하면서 성주의 눈치를 살폈다.

"그들은 이곳에 볼일이 있어서 잠시 들렀을 뿐 성과는 아무 상관도 없는 사람들입니다. 해가 뜨기 전에 모두 떠나갔지요."

"사람은 누구나 한곳에 오래 머물게 되면 편안함에 빠져 가끔 착각을 하게 된다네. 제가 그곳의 주인이 된 것처럼 생각하게 될 때가 있는 거지."

뜬금없는 성주의 말이었지만 황보강은 그 속에서 그의 불만을 느낄 수 있었다.

황보강이 부드럽게 말했다.

"이 성이 성주의 것이라면 제 주인은 저일 뿐 누구도 될 수 없습니다. 가끔 사람은 한 사람과 오래 있다 보면 그 사람이 마치 제 것인 양 착각을 하기도 하지요. 하지만 사람은 저마다 생각을 가지고 있고, 하고자 하는 일이 다르니 어디 그렇게 될 수 있겠습니까?"

"나는 한 번도 자네를 내 것이라고 생각해 본 적이 없네."

말은 그렇게 하지만 성주 나하순의 얼굴에는 노골적인 불쾌함이 떠올라 있었다.

그는 황보강이 지금쯤은 저의 너그러움과 환대에 깊이 감사하여 심복이 되기로 작정하고 있기를 바랐다. 그리하여 누가 시키기 전에 스스로 충성을 맹세하기를 원했던 것이다.

그러나 황보강에게는 그런 마음이 조금도 없었다.

"저 또한 한 번도 이 성이 제 집이라고 생각해 본 적은 없습니다."

"그랬는가?"

나하순이 실망했다는 기색을 감추지 않았다. 그는 이제 황보강의 생각을 확인할 수 있었던 것이다.

"자네는 이 성에서의 생활이 만족스럽지 못했던 모양이군."

"마음이 편치 않아졌을 뿐입니다."

"그래서 떠나겠다는 것인가?"

"성주께서 이미 마음 중에 저에 대한 불만을 품고 계신데 더 붙어 있으면 제 자신을 초라해지게 할 뿐이지요."

"나가고 들어올 때를 아니 자네는 군자라고 할 만하군."

"있어야 할 곳과 그렇지 않은 곳을 구분할 수 있을 뿐, 어찌 때를 알겠습니까?"

황보강의 말에 나하순이 여태까지와는 다르게 몸을 바로 하고 정색을 했다.

"이곳은 아직 자네가 있어야 할 곳일세. 자네의 생각이 어 떻든 나는 아직 자네를 필요로 한다네."

나하순을 똑바로 바라보던 황보강이 천천히 말했다.

"성주께서 뜻하시는 바가 무엇입니까?"

"그건……."

"고운성과 거합성을 합병하여 넓은 영토를 수중에 넣고 번 듯한 나라를 하나 세워 왕이 되고 싶은 것 아닙니까?"

"……."

"그렇다면 성주께서는 이미 준비를 마치셨습니다. 백성들 로부터 많은 재물을 걷어 창고를 가득 채웠고, 대황국의 고관 들에게 고루 뇌물을 뿌려 신망을 얻었습니다. 게다가 최근에 는 사방에서 장정들을 끌어들여 일만이 넘는 병사들을 확보 했지요. 몇 달 후면 이만 가까운 병사들이 성주의 명령을 기 다리게 될 것입니다. 더 이상 주변에서 적송망을 넘보는 자가 없게 되었으니 마음만 먹는다면 당장에라도 전쟁을 일으켜 영토를 넓힐 수 있지 않겠습니까? 그러니 이제 제가 없더라도 감히 성주의 목숨을 노리는 자객 따위가 성에 들어올 리 없을 것입니다."

황보강의 말을 묵묵히 듣고 있던 나하순이 한숨을 쉬었다.

"그게 그렇지 않다네."

"그렇지 않다니요?"

"나에게 병사는 있지만 그들을 이끌어줄 장수가 없네."

"그건……."

"열 명의 부장과 한 명의 대장이 있으나 그들은 모두 벌목이나 하고 돌이나 깨뜨리고 있으면 어울릴 밥통들이지."

병사들이 있으니 당연히 그들을 이끌 장수도 있게 마련이다. 하지만 나하순의 말대로 장수라는 것들은 그저 용력이 다른 자들보다 뛰어났을 뿐 수하들을 통솔하고 지휘할 능력이 부족했다.

용력과 능력이 남다른 자들은 모두 큰 뜻을 품고 몸을 비싸게 팔게 마련이다.

그래서 대황국의 병사가 되어 공을 세우기 원하거나, 빼앗긴 나라의 회복을 꿈꾸면서 반란을 계획하는 데에 저의 능력을 썼다. 아니면 뜻을 감추고 은거하여 기회를 엿볼망정 변방의 작은 성에서 장수 노릇을 하며 거들먹거리지 않았던 것이다. 그러니 그런 자들이 나하순의 성에 몸을 둘 리가 없다.

황보강의 눈치를 살피던 나하순이 넌지시 말했다.

"나는 장차 자네에게 내 병사들을 맡길 생각을 하고 있었네."

"그 말씀은?"

황보강으로서는 어리둥절해질 수밖에 없는 말이었다.

"나는 자네가 어떤 사람인지 잘 알지."

"무엇을 말입니까?"

"비록 풍옥빈의 추천을 받았다고는 하지만 곁에 가까이 두면서 그 사람이 누구인지, 무엇을 하던 자인지 아무것도 모르고 있대서야 말이 되나?"

"저에 대해서 조사를 하셨군요?"

"그렇다네. 그 결과 자네가 도울 각하의 참장으로서 귀호대를 이끌고 전장에서 용맹을 떨친 자라는 걸 알았지. 그 후 모아합 대장군의 포로가 되어 대황국의 도성으로 끌려간 것이며, 또 그곳에서 했던 일들에 대하여 알게 되었네."

황보강이 한숨을 쉬었다.

이래서 세상에 비밀이란 존재할 수 없는가 보다 하는 생각이 든 것이다.

아무리 감추고 숨기려고 해도 언젠가는 드러나게 마련이다.

한 사람이 알게 되면 곧 열 사람이 알게 된다. 그러면 백 사람, 천 사람이 알게 되는 건 시간문제일 뿐이다. 그다음에는 온 세상이 다 알게 되는 것이다.

"저는 대황국을 반드시 무찔러야 할 적으로 여기는 사람입니다. 그러니 성주의 장수가 될 수 없습니다."

"어째서? 그게 나와 무슨 상관이란 말인가?"

"성주께서는 대황국에 충성을 다하고, 그들의 신임을 얻어 나라를 세우려 하지 않습니까? 제가 성주의 장수 노릇을 한다는 게 알려지면 그들이 성주를 지금처럼 신뢰하지 않을 것입니다."

"그 일은 걱정하지 않아도 되네."

"걱정하지 않아도 된다니요?"

나하순이 몸을 물리며 의미심장한 미소를 지었다.

"흉중에 자네를 쓸 생각을 품고 있으면서 그만한 것조차 생각하지 않았겠나?"

"알고 싶습니다."

"미리 대황국 쪽에 손을 써놓았다네. 자네에 대해서 말일세."

"그 말씀은?"

"그쪽의 대신에게 내 의향을 넌지시 말해보았지. 그랬더니 펄쩍 뛰더군. 내가 자네를 알고 있다는 것만으로도 잔뜩 경계하면서 내칠 기세였네."

"당연한 일이지요."

황보강이 한숨을 쉬었으나 나하순은 여전히 느긋했다.

"이쪽의 형편을 말하고, 각지에 흩어져 있는 세력을 하나로 규합하여 황제에게 충성하게 할 필요가 있다는 걸 역설했지. 그러기 위해서는 자네 같은 사람이 꼭 필요하다고 강조했

음은 물론이네. 하지만 내가 장차 나라를 세우겠다는 말은 쏙 뺐지."

나하순이 음흉한 웃음을 흘리며 더욱 느긋하게 황보강을 바라보았다.

황보강은 그의 심중에 이미 어떤 결과물이 들어 있다는 걸 짐작했다.

한동안 말없이 그를 마주 보기만 하던 나하순이 불쑥 말했다.

"황제의 허락을 받아냈다네."

"예? 뭐라고 하셨습니까?"

황보강이 깜짝 놀라 눈을 부릅뜨자 나하순이 의자의 팔걸이를 두드리며 껄껄 웃었다.

황보강이 여전히 놀란 얼굴로 다그쳐 물었다.

"사량격발의 허락을 받아냈단 말입니까? 아니, 어떻게?"

"그 대신이 황제를 알현한 자리에서 내 말을 했던 거지. 아니, 자네의 근황을 알았으니 보고하지 않을 수 없었겠지."

"아!"

황보강이 탄식하며 낯을 찌푸렸다.

"그 자리에서 황제가 그랬다고 하네."

"뭐라고 말입니까?"

"그것도 괜찮겠지. 그놈에게는 역시 그게 어울려. 호랑이의 몸에 누런 칠을 해서 무늬를 감춘다고 개가 될 수 있겠느냐? 내버려 둬라."

"그가, 그가……."

황보강은 기가 막혔다.

제 일이 그렇게까지 진행되고 있었지만 정작 본인은 아무 것도 모르고 있었다는 게 그랬고, 황제 사량격발이 아직까지 저를 기억하고 있다는 것도 그랬다.

'그는 어쩌면 나를 길들이려는 것 아닐까?'

문득 그런 생각이 들었다.

사량격발이 보이지 않는 곳에서, 보지 않는 척하면서 천천 히, 조금씩 저를 길들여 가고 있는 건지도 모른다는 생각을 떨쳐 버릴 수 없었다.

그렇다면 그가 그렇게 하는 이유가 뭘까 하는 의문이 생긴 다.

그건 암흑존자의 뜻일 수도 있고, 사량격발 본인의 생각일 수도 있었다.

황보강은 그것이 사량격발의 생각이라고 믿고 싶었다.

그렇다면 호랑이가 저를 물어뜯을 것이라는 나운선인의 예언에 대한 도전일 것이다.

그건 그만큼 자신이 있다는 것이고, 그만큼 잔인하다는 것 이기도 했다.

개를 키워서 사납게 만들어 싸우게 하고 그것을 즐기며 바 라보다가, 싸움이 끝나면 거리낌없이 잡아먹어 버리는 것과 다르지 않기 때문이다.

'하지만 나는 절대로 너의 투견이 되지 않을 것이다.'

황보강이 속으로 이를 갈았다.

사량격발이 그와 같은 생각으로 저를 지켜보고, 저를 길들여 가고 있는 것이라면 참을 수 없다.

'언젠가는 너의 지나친 자신감이 너를 죽이는 칼이 될 것이다. 내가 그렇게 해주겠어.'

"어떤가, 이미 황제께서도 눈감아주시기로 했으니 문제될게 아무것도 없겠지? 내 장군이 되어서 나를 위해 자네의 능력을 발휘해 주지 않겠나?"

황보강은 선뜻 대답할 수 없었다.

문득 풍옥빈의 말이 떠올랐다.

이곳에서 너의 기반을 다지고 새롭게 출발할 수도 있지 않겠느냐고 했던 그 말에 설득당해 나하순의 성으로 들어왔다.

그렇다면 풍옥빈은 이 일에 대해서도 역시 호신에게서 계시를 받고 있었던 건 아닐까 하는 의문마저 들었다.

그렇다면 천호천산의 호신은 정체가 무엇이며, 어떤 목적을 가지고 저와 풍옥빈에게 현신했던 말인가 하는 의문이 꼬리에 꼬리를 물고 일어나 머리가 아팠다.

"잠시 말미를 주십시오."

황보강은 겨우 그 말을 하고 서둘러 나하순의 거처에서 나왔다.

우선 풍옥빈을 만나 호신과의 일을 확인해야 한다는 생각에 서두른다.

　그는 유모량 등과 함께 새벽에 천호천산으로 떠나갔다. 서두른다면 따라잡을 수 있을 것이다.

　숙소에 돌아온 황보강은 칼 한 자루를 등에 메고 말에 올라탔다.

　이내 그를 태운 말이 아침 햇빛 속으로 멀어져 가고, 적송망에 우뚝 솟아 있는 성은 풍운을 감춘 채 아무 일도 없다는 듯 고요하기만 했다.

『호랑이 이빨』 제3권에 계속…

저작권 보호!!
장르문학의 성장에 힘이 되어주십시오.

저작물의 무단 전재와 복제, 불법 다운로드!
이것은 관심이 아니라 무관심입니다!

작가님들은 창의적 열정과 시간을 투자해 자신의 꿈과 생계를 유지합니다.
한 권의 책을 만들어 많은 사람들은 자신의 인생과 미래를 설계합니다.

저작물 속에는 여러 사람의 노력과 희망이
담겨 있습니다!

저작물의 무단 전재와 복제, 불법 다운로드는 여러 사람들의 꿈과 생계를
위협함으로써 장르문학을 심각한 상황에 빠뜨리고 있습니다.

이제는 무관심이 아니라 관심으로 장르문학의
성장에 힘이 되어주세요.

[도서출판 **청어람**은 항시적인 저작권 보호를 통해 장르문학과
여러분의 희망을 지키겠습니다.]

청어람
도서출판

Book Publishing CHUNGEORAM

中原商王

중원상왕

張春達

을아람
新무협 판타지 소설

내 나이 서른.
할 줄 아는 것이라곤 주먹질과 발길질뿐이고
재주라고는 셈에 밝다는 것이 전부인데
사람들은 나를 중원상왕(中原商王)이라 부른다.

— 장춘달의 「회고록」 중에서

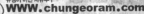

이경영
판타지 장편 소설

가즈 나이트 R

GodsKnight R

이제는 그 전설조차 희미해진 옛 신계, 아스가르드.

그 멸망한 신계의 전사가 새로운 사명을 품고
다시금 인간들의 곁으로 내려온다.

렘런트라는 이름의 적들, 되살아나는 과거, 그리고 가치관의 차이.
그 모든 것들과 맞서 싸우려는 그녀 앞에 신은 단 한 사람의 전우를 내려준다.

그는 붉은 장발의, R의 이름을 가진 남자였다!

초대작 「가즈 나이트」의 부활!
신의 전사들의 새로운 싸움이 지금 시작된다!